novum ▲ premium

SABINE MAYR

Im Winter gibt es keine Stachelbeeren mehr

novum premium

www.novumverlag.com

Bibliografische Information
der Deutschen Nationalbibliothek:

Die Deutsche Nationalbibliothek
verzeichnet diese Publikation in
der Deutschen Nationalbibliografie.
Detaillierte bibliografische Daten
sind im Internet über
http://www.d-nb.de abrufbar.

Alle Rechte der Verbreitung,
auch durch Film, Funk und Fernsehen,
fotomechanische Wiedergabe,
Tonträger, elektronische Datenträger
und auszugsweisen Nachdruck,
sind vorbehalten.

Gedruckt in der Europäischen Union
auf umweltfreundlichem, chlor- und
säurefrei gebleichtem Papier.

© 2023 novum Verlag

ISBN 978-3-99130-366-4
Lektorat: Dr. Annette Debold
Umschlagfoto:
Whitestep | Dreamstime.com
Umschlaggestaltung, Layout & Satz:
novum Verlag

www.novumverlag.com

Inhaltsverzeichnis

Prolog 9
Einblick 10
Rückblick I 12
Sporttag 13
Schmerz I 14
Innsbruck 16
Großmütter 18
Nackt 21
Schmerz II 23
Startschuss 25
Marathon I 27
Papa 29
Wettbewerb I 31
Schlafes Bruder I 32
Mama I 33
Rollen 34
Tochter I 36
Statistik I 38
Geschlecht 40
Tochter II 42
Mama II 43
Karriere 44
Santa Fe 46
Marathon II 48
Rückzug 50
Rückblick II 51
Lesen I 52
Marathon III 53
Statistik II 54
Schlafes Bruder II 55
Architektur 57

Abschied	59
Kinderkrankenhaus	60
Weihnachten	61
Architektin	64
Warum	66
Angst	67
Lesen II	69
Ilka	71
Omama I	73
Weitsicht	76
Gefesselt	78
Lüge I	79
Exit I	80
Umzüge	82
Opa	83
Wettbewerb II	85
Lüge II	86
Lesen III	88
Rückblick III	89
Omama II	90
Ersatz	91
TikTok	92
Schweiz	93
Petra	95
Wettbewerb III	97
Hirngewitter	99
Hallenbad	101
Schlafes Bruder III	103
Ertrinken	105
Exit II	107
Ernte	109
Stachelbeeren im Winter	110
Neuseeland	111
Geständnis	112
Ausblick	113
Epilog	115

Filmrückspulgeräusch	116
Legoplan	117
Wettbewerb	119
Selbstverteidigung	120
Schmerz	122
Beruf	125
Mutterschaft	127
Wien	129
Umzüge	130
Rückblick	131
Rauchalarm	133
Geschlecht	134
New York	136
BIG	138
Leben	139
Serendipity	140
Schule	142
Auszug	144
Freundschaft	145
Knoten	147
Schlafes Bruder	149
Joy	151
Rückzug	152
Großhadern	154
Petra	155
Bescherung	158
Weitsicht	161
Gefesselt	163
Hirngewitter	164
Zürich	167
Ablenkung	168
Hallenbad	169
Ausrede	171
Rastlos	173
Stachelbeeren im Winter	176
Henkersmahlzeit	178

Florence 180
Exit 182
Epilog 185
Sister Act 186
Nachwort 189

Prolog

Ich stelle mir vor: Am Ende schaut man auf sein Leben wie auf ein Röntgenbild. Die Stellen, wo die radioaktiven Strahlen nicht von etwas Wesentlichem, Dichtem absorbiert werden, erscheinen auf dem Filmabzug schwarz.

Ich glaube, die Frage ist letztendlich nicht: Was habe ich erreicht?, sondern eher: Was habe ich mich nicht getraut?

Und: Wann ist es zu spät, die schwarzen Löcher zu füllen?

Im Winter gibt es keine Stachelbeeren mehr ...

Einblick

Hellgrelles Blenden wie die Scheinwerfer eines heranrasenden Autos, vor dem es kein Ausweichen mehr gibt. Schneidend wie ein Messer feuert mir das gleißende Photonenbombardement mitten ins Auge, sodass ich es beinahe reflexartig instinktiv schließe zum Schutz.

Stattdessen zwinge ich mich gehorsam, den Anweisungen des Arztes zu folgen: „Bitte nach oben schauen, nach rechts oben, nach rechts, rechts unten, links unten …"

Zum Abschied dann wieder dieser bekannte schlaffe Händedruck, der in mir schier körperliche Schmerzen hervorruft, dem ich diesmal aber keinen Gegendruck mehr entgegensetzen kann.

Alle Ärzte, die ich kenne, scheinen diesen kraftlosen Händedruck, oft auch noch feuchten zu haben. Ist es vielleicht eine Berufskrankheit? So quasi wie eine Art Lähmung, eine Ohnmacht aufgrund dessen, was sie beim Einblick in unsere Körper sehen müssen?

Draußen vor der Praxistür setzt wieder akut stechende Blindheit ein. Diesmal aufgrund des ungebremsten Eindringens der herzlosen Sonnenstrahlen in meine weitgetropften Pupillen. Kleopatra tropfte sich angeblich Tollkirschenextrakt in die Augen, um einen betörenden tiefschwarzen Blick durch die weitdilatierten Pupillen zu erzielen.

Ich taumele zurück. Als würde es mir den Boden unter den Füßen wegziehen. Halte mich eine Sekunde am metallkalten Türgriff der Augenarztpraxis fest. Die Leute um mich herum müssen denken, ich sei betrunken.

Ich schleiche verunsichert, vorsichtig mit der Fußspitze über das Pflaster tastend, wohin ich meine Schritte setzen soll, langsam durch die dichten Straßen der lauten, pulsierenden Münchener Innenstadt. Es ist noch ein weiter Weg bis zu Hause, aber den U-Bahn-Plan kann ich unter dem Einfluss der Atropin-Augentropfen eh nicht entziffern.

Ich gehe zu Fuß. Allein. Unter lauter Menschen.

Der dröhnende Motorenlärm der vielen Autos und Busse, das forsche Klingeln der Straßenbahnen, die zielstrebigen Schritte und das sinnlose Reden der Menschenmasse um mich herum beginnen immer mehr zu einem Rauschen zu werden und zu verblassen.

So ähnlich wie bei einem Tinnitus oder unter Drogeneinwirkung ertönt leise anschwellend in meinem Kopf aus dem Nichts, ohne dass ich es will, die bekannte Melodie von „Hello darkness, my old friend, I've come to talk to you again" ...

Es heißt, Blinde lernen, ihre anderen restlichen Sinne zu schärfen.

Mich hat auf einen Schlag die visuelle Kontrolle der Welt um mich herum verlassen, und ich bin darauf zurückgeworfen, in mich allein hineinzublicken.

Dort sehe ich nur noch Angst.

Rückblick 1

Mama mit den langen, seidenglatten blonden Haaren, dem jugendfeinen Gesicht wie Porzellan, einem leisen Lächeln um die Lippen, vorne aufgeknöpfter Jeansjacke, darunter die zarten Brustansätze in der Mitte, nackt unter der geöffneten Jacke. Im Hintergrund tiefblaugrün der Ammersee, im Wasser spiegelt sich der goldrote Sonnenuntergang, der sie von hinten erstrahlen lässt wie Botticellis Venus. Ist es nur die Erinnerung an das Polaroidfoto, das Papa von ihr macht, oder die wahre eigene Erinnerung an diesen gemeinsamen Urlaubsabend?

Mein eigenes kindliches Losheulen: „Hört auf! Mama, mach die Jacke zu, zieh dich an, ich will das nicht!" Das Lachen meines Vaters, der nicht aufhört, weiter mit der Polaroidkamera Bilder von seiner Frau zu schießen, die Tochter und ihr Weinen ignorierend.

Bis die Mama sich mit schamvollem Blick auf mich die enge Jacke über der Brust zuknöpft, sich zu mir herunterkniet, mich in den Arm nehmen will und verlegen lacht. „Aber das sieht doch niemand außer dir und Papa."

Aber ich winde mich trotzig aus ihrer Umarmung, die mir plötzlich zu intim ist, fremd, nicht meine Mama. Eine Fremde, Frau, Liebesobjekt, beschämend, bedrohlich, beeindruckend ... beneidet?

Eifersucht. Mama und Papa ein Paar. Eine Liebe, die nichts mit mir zu tun hat. Brüste, von denen ich nie trank, die er aber küsste.

Sporttag

Vergeblich stelle ich mich in die allerhinterste Reihe, hoffe, sie sind dann bereits weg, wenn ich drankomme. Aber nein, falsch gehofft, ich muss an den Start und gefühlt recken noch mehr Jungs am Rand der 100-Meter-Laufbahn ihre Hälse, um besser glotzen zu können.

Niederknien, Füße in die Startblöcke, Hände auf den roten Aschboden.

Frau H. kommandiert: „Drei, zwei, eins", die Startpistole knallt.

Zeitlupe, zäh, honigschwer. Die Rücken und Sohlen der anderen vor mir. Die Glieder, schwer, scheinen zu kleben am Boden, ich versuche verzweifelt, sie abzustoßen und vorwärtszukommen. Noch schwerer wiegen die Brüste, die wackeln bei jedem Schritt, im billigen BH, deutlich sichtbar unter dem billigen Baumwoll-T-Shirt. Sie wippen auf und ab, hin und her, synchron zu meinem Schnaufen.

13,9 Sekunden. Allerletzte nicht nur in meiner Startreihe, sondern wie immer insgesamt von der ganzen weiblichen Hälfte der Klasse. Die männliche Hälfte steht pfeifend am Laufbahnrand, laut grinsend, und lässt sich nur langsam und zögerlich von Herrn S. zurückrufen in ihre Weitsprung-Sandgrube. Dabei dreht man sich noch mehrmals nach mir um, ständig unverschämt lachend zurückstarrend.

Mein Kopf feuerrot, vor Scham und Anstrengung. Scham mehr noch als alles andere, der Busen, die Blicke, die Langsamkeit.

„Sonja, hast du Kaugummi an den Füßen, du trampelst wie ein Elefant, du musst vorwärtsrennen und nicht Löcher in den Boden stampfen. Eine Vier!"

Meine schlechteste Note, immer.

Schmerz I

Fibrozystische Mastopathie. Auf gut Deutsch heißt das: regelmäßig vor der Periode immer für mindestens zwei bis manchmal sogar drei Wochen im Monat dicke, heiß geschwollene Busen, schlimmer als der schlimmste Milchstau. Den hatte ich vor Jahren, so viel Milch, dass Florence nicht damit fertigwurde. Sie spritzte ihr so schnell und viel in den Mund, dass sie sich verschluckte. Mein mütterlicher Milcheinschuss-Reflex funktionierte im Übermaß.

Die neugierigen Blicke der südländischen Großfamilie. Täglicher fürsorglicher Besuch meiner Bettnachbarin auf der Wochenbettstation. Wie damals zur Schulzeit im verhassten Sport und Schwimmunterricht. Da half auch der von der Pflegefachfrau halbherzig vorgezogene Paravent-Vorhang vor mein Wöchnerinnenbett nichts. Ich kam mir vor wie eine fette Kuh im Kuhstall, die der Bauer vergessen hatte zu melken, mit überprallen, fast platzenden Eutern, die Haut darüber mit dick schlängelnden Venen bläulich übersät.

Die Hebamme versuchte erst Salbeitee, lächerlich, noch mehr Flüssigkeit. Dann erst eine halbe Tablette Dostinex, danach eine ganze, auch ohne Effekt. Sie meinte, ich dürfe maximal zwei nehmen, damit es nicht ganz abstillt. Am Ende beschaffte ich mir zu Hause noch mal eine Packung mit acht Tabletten, die ich einfach auf einmal schluckte, so satt hatte ich den Zirkus. Dann endlich wurde es besser.

Die Milch reichte am Ende problemlos und vollständig für ihr Gedeihen, bis Florence ganze 14 Monate alt war. Dann musste ich sie endgültig in der Krippe abgeben, weil ich endlich mal wieder arbeiten und nicht mehr nur den ganzen Tag stillen wollte. Erst ab diesem Zeitpunkt akzeptierte sie eine alternative Ernährungsform und stieg von einem Tag auf den anderen von Muttermilch und sonst nichts anderem direkt auf

Pasta mit Parmesan um. Sie, die vorher keinen Löffel Joghurt und nicht mal abgepumpte Muttermilch aus der Flasche, von Egon offeriert, tolerierte.

Innsbruck

„Es wäre *die* Chance für mich, unter Alois Zielbauer zu forschen. Und du kannst in Innsbruck doch auch als Architektin arbeiten."

Was wir damals noch nicht wissen konnten: dass Egon Jahre später Professor Zielbauer per Telefon zur Verleihung des Physik-Nobelpreises gratulieren würde.

Aus dem Vorhaben, in Innsbruck als Architektin eine Stelle zu finden, wird dann aber nichts. In Wahrheit suche ich gar nicht wirklich.

Meine Ausrede: Florence, zehn Jahre, will nicht umziehen. Sie spielt in München an der Schule die Hauptrolle beim Musical „Der kleine Tag", der darum kämpft, in der ersten Reihe der wichtigen und großen Tage platziert zu werden.

Meine Rolle: die Familie zusammenhalten. Ich rede mir ein, aus diesem Grund erst mal zu Hause bleiben zu müssen.

Florence lernt dann als Einzige von uns dreien schnell den österreichischen Dialekt, übersetzt mir, wenn ich im Kaufladen um die Ecke oder am Telefon jemanden nicht verstehe. Sie findet an der neuen Schule auch eine Musicalgruppe und überhaupt rasch neue Freundinnen.

Ich freunde mich vor allem mit der österreichischen Küche an. Folge den Rezepten für Topfenpalatschinken, Kaiserschmarrn, Apfelstrudel, Kaspressknödel, Schlutzkrapfen … nur das Wiener Schnitzel sei in der Unikantine besser, als ich es zu Hause hinbringe, meint Egon.

Neben dem Kochen melde ich mich für einen Französischkurs an, auffrischen, was seit der Schulzeit einrostete. Einmal sollen wir in der Stunde das Aussehen von Personen beschreiben: „J'ai les cheveux longs."

Mir fällt auf, ich hatte schon mein ganzes Leben lang lange Haare, wie meine Mutter, wie Florence.

Der Verlust der Haare wäre mir untröstliches Unglück. Eine komplette Brustentfernung hingegen beschließe ich, sei kein Problem bei Bedarf ...

Großmütter

Meine Omas. Eine dick mit riesigem Busen, auf den sie jeden Mittag ihr Essen tropfte. Die andere hager wie meine Mama, mit vielleicht nur wegen dieser Hagerkeit, oder wegen der Erlebnisse während des Weltkriegs und danach, mit verkniffenem Gesichtsausdruck.

Während meine Mama im Hutladen als Verkäuferin arbeitete, war ich bei der dicken Oma. Meine jüngste Tante bei meiner Geburt erst sieben, mein jüngster Onkel nur fünf Jahre älter als ich. Von ihr durfte ich Bücher ausleihen. Mit ihm baute ich Lego.

Dort war ich kein Einzelkind.

Wenn ich einmal bei der dünnen Oma war, durfte ich immer ihren geblümten Friseur-Schulterumhang mit dem hübschen Spitzensaum zum Spielen haben. Er wurde mein Rock, mein Prinzessinnenkleid, mein Hochzeitsschleier.

Unter dem kleinen Küchentisch mit der lang herunterhängenden Tischdecke war mein Haus, mein Schloss. Warten auf den Märchenprinzen auf weißem Ross.

Auch gab es bei ihr regelmäßig trockenhart alte Semmeln oder Weißbrot in süß-gezuckertem Milchkaffee aufgeweicht. Ich löffelte diese Brotsuppe gern. Mit sechs.

Der Koffeingehalt war sicher nicht so schlimm hoch – wenn es überhaupt echter Kaffee und nicht Muckefuck, also Kaffee-Ersatz aus Malz, war –, als dass es meiner Hirnentwicklung zu viel geschadet haben könnte.

Immerhin schaffte ich das Gymnasium. Als Erster in der Familie.

Die dünne Oma kaufte Sonntag immer hässliche Sahnetorte mit Dekorkirschen beim Konditor im Dorf, denn ihr selbst gebackener

Apfelkuchen mit den Äpfeln aus dem Garten sei „doch nichts Gescheites". Der alte Apfelkuchen war mir aber viel lieber, meine Mama musste die Sahnetorte allein essen.

Jeden Sonntagnachmittag spazierten wir die zwei Kilometer zur Oma ins Nachbardorf zum Kaffee.

„Mama, wie lang noch? Ich mag nicht mehr."

„An der Kurve bekommst du einen Kaugummi am Automaten."

Damals gab es noch solche Plastikautomaten mit Glasfenster vorne, damit man den Inhalt sehen konnte. Es gab welche mit Kaugummi darin und welche mit kleinen Hüpfgummibällen zum Spielen, die hießen Flummis. Wollte man den Inhalt kaufen, musste man in einen Schlitz Münzen einwerfen, je nachdem zehn oder fünfzig Pfennig, und dann konnte man den Metallhebel drehen. Wenn man Glück hatte, kam dann unten hinter der Metallklappe ein runder, bunter, mehr oder weniger alter Kaugummi heraus. Das Alter und die Genießbarkeit konnte man einschätzen, wenn man sah, wie verlaufen die blaue, rote oder gelbe Farbschicht des Kaugummis aussah.

Zurück zum Sonntagnachmittag. Ein paar Schritte weiter.

„Mama, erzähl mir eine Geschichte, mir ist so langweilig."

„Es war einmal eine Mama, die hatte eine Tochter, die sagte, Mama mir ist langweilig, erzähl mir eine Geschichte, also begann die Mama: Es war einmal eine Mama, die hatte eine Tochter, die sagte: ‚Mama, mir ist langweilig, erzähl mir eine Geschichte.' Also begann die Mama …"

„Sto-opp! Blöde Geschichte, immer dasselbe ist ja langweilig."

Wie passend doch, immer dasselbe, von Mutter zu Tochter, zu Mutter, zu Tochter …

Die dicke Oma hatte im wahrsten Sinne eine große Brust, acht Kinder und mich Enkelkuckuckskind dazu und einen großen gepflegten Garten. Sie war Herrin über die ganze Großfamilie, Haus und Heim, wie in der Fernsehserie „Die Waltons". Deren Versorgung war ihr ganzer Lebenssinn. Nur den armen Opa, der Diabetes hatte und bald nichts mehr sehen konnte, schikanierte sie von früh bis spät.

Er war mein Lieblingsopa. Sanft und lieb. Nie ein böses Wort zu mir oder seiner Frau. Wir spielten zusammen Karten. Wenn er nicht in dem Buchhalterbüro der einzigen Firma im Dorf arbeitete.

Frühmorgens vor der Schule hörte ich durch die offene Badezimmertür seinen Rasierapparat surren und roch sein Tabac-Original, 1959 (Eau de Cologne). Dann duftete der frisch geröstete Toast, auf den er mir dick Butter strich, sodass diese darauf schmolz, und dann selbst gemachte Erdbeermarmelade meiner Oma mit Erdbeeren aus dem Garten.

Die durfte ich mich nicht erwischen lassen zu pflücken und naschen. Alles Obst und Gemüse durfte ich unter Aufsicht zu ernten helfen, aber nicht allein einfach so vom Beet in den Mund. Die Erbsen pulen mit Opa liebte ich über alles. Manchmal, wenn niemand schaute, stopfte ich mir blitzschnell eine in den Mund. Roh viel besser. Gekochte Karotten kann ich heute noch nicht ausstehen.

Wehe mir, ich pflückte einen Apfel vom Baum zum Reinbeißen. Die Äpfel mussten erst auf den Boden fallen, und dann ging es los mit dem Anhänger voll zum Saften mit den beuligen, verwurmten. Der rohe Saft ließ mich noch vor Ort hinter dem Gebüsch verschwinden, denn ein Klo gab es dort keins.

Mama mochte den Saft nicht, sie wollte ihrer Zeit voraus schon vegan sein, und ihr graute vor den zerquetschten Würmern. Sie mochte auch keinen Käse, nur Marmeladensemmel. Und Kaffee. Und Marlboro. Damit sie schlank blieb.

Mit 40 wurde sie plötzlich so dünn, dass ich sagte: „Mama geh zum Arzt, ich hab Angst, du hast Brustkrebs." Es war dann bei ihr Colitis ulcerosa.

Nackt

In den Rückspiegel betrachtet kann man sagen, dass ich als Kind eher etwas frühreif entwickelt war. „Altklug" nannte man mich.

Ich malte, solange ich zurückdenken kann, immer gern und angeblich schon früh sehr gut. Menschen, Tiere, Häuser, alles Mögliche.

Ich muss so in der ersten Klasse gewesen sein, da malte ich eines schönen Nachmittags, während Oma den Abwasch erledigte, ohne jeglichen schlechten Gedanken eine Frau. Und zwar diesmal aus irgendeinem Grund ohne das Tutu-spitzengesäumte Prinzessinnenkleid. Splitterfasernackt. Wie Eva aus der Bibel, aber ohne Blätterbedeckung. Mit zwei nackten runden Brüsten mit braunen Warzen und dicker schwarzer Schambehaarung im Bereich der Vulva.

Meine Eltern waren ganz im 70er-Jahre-ABBA-und-Santana-Stil offen in ihrer Erziehung und fanden es ganz natürlich, wenn ich sie im Badezimmer nackt sehen konnte. Somit kannte ich mich aus mit der äußeren Anatomie.

Meine Oma war dem Thema gegenüber jedoch leider nicht so offen eingestellt. Ich erinnere mich, als wäre es gestern. Sie zieht die klappernden Holzringe des Vorhangs zur engen Küchennische auf, der den Kochbereich von der Essküche trennt. Sie will die Teller in die holzwurmige Glaskommode aufräumen. Ein flüchtiger Blick im Vorbeigehen auf mein neuestes Kunstwerk. Es reißt sie förmlich zurück. Schriller Aufschrei. Fast lässt sie das Meissener Porzellan auf den Boden fallen. Gerade noch stellt sie den Stapel scheppernd auf dem Esstisch knapp neben meinem Blatt und den Holzfarben ab. Reißt mir das Blatt unter dem Stift weg. Einer fällt dabei zu Boden. Aber da werden die doch Stückelblei.

„Was fällt dir ein? So etwas Schmutziges zu malen. Schäm dich!"

Das Bild wird zerrissen.
Das Thema nicht mehr angesprochen.
Die Scham tief in mir vergraben.

Ich bin heute sicher, wenn ich damals schon die Kommunion gehabt hätte, hätte sie mich stante pede in die Kirche und den nächsten Beichtstuhl gezerrt.

Und die Moral von der Geschicht': Das weibliche Geschlecht gehört sich nicht.

Schmerz II

Der Scheißbusen tut nicht nur bei jeder Bewegung weh, darum trage ich nur noch Sport-BHs. Sogar in Ruhe ohne jede Bewegung brennt er siedend heiß und die dünne Haut knistert vor Irritation wie bei einem elektrischen Schlag durch die leichteste Berührung nur schon vom Stoff der Kleidung darüber. Er scheint zu platzen, auch wenn man im Spiegel kaum eine Schwellung sieht.

Im Ultraschall bei der Gynäkologin erkennt man viele kleine und größere Zysten, zum Glück keine mit verdächtigem solidem Anteil.

Ständig Schmerzen und unterschwellig Angst, die immer wieder hochquillt.

Die Angst vor den Knoten. Die Vermeidung, sich abzutasten, dies nur an den wenigen schmerzfreien Tagen überhaupt möglich.

Telefonat mit Mama, die betroffen versucht zu trösten, bei den Frauen in der Familie weder Mastopathie noch Brustkrebs bisher …

Ursachenforschung erfolglos: mein Prolaktin-Blutspiegel im nicht schwangeren und nicht nachgeburtlichen Normbereich, also keine Notwendigkeit, in meinem Kopf nach einem Prolaktinom zu suchen.

Tipps und Therapieversuche, die ich über die Jahre alle ausprobierte: weniger Kaffee, weniger Salz, Progesteron-Gel zum Auftragen (welches ich im Kühlschrank aufbewahrte, so wenigstens kühlender Effekt), Hormontabletten, Östrogene, Gestagene, Kombination von beiden, pflanzliche Wirkstoffe. Kein Erfolg.

Voltaren brachte immer nur kurzzeitige Erleichterung. Ich kann doch nicht jahrelang Schmerzmittel schlucken, steigen da nicht irgendwann meine Nieren aus? Der einzige Effekt, den ich mir einbildete: dass es immer dann besser wurde, wenn ich ein bis zwei Kilo weniger auf den Rippen hatte.

Jahrelanger Begleiter.

Was war schlimmer: die chronischen Schmerzen oder die Angst davor, dass diese chronische Entzündung doch das Brustkrebsrisiko erhöhen könnte ...?

Startschuss

Der Knoten. Er sitzt irgendwie auch im Hals. Jahrelang immer wieder die vielen Zysten, die sich wie Knoten anfühlen und dann aber wieder verschwinden.

Der eine verschwand nicht.

Termin in acht Wochen.

Vielleicht ist er dann ja weg.

Erst tastet die Gynäkologin beide Brüste ab. Angenehm kalt sind ihre Hände.

Dann folgt ein spezieller hochauflösender Ultraschall, der besser das Gewebe beurteilen können soll. Schmatz, das kühle Gel auf dem Busen ist auch willkommen. Aber schon der leichte Druck der Schallsonde unangenehm.

Von der Seite sehe ich den Ultraschallbildschirm. Ich bin weder dumm noch blind. Schwarz bedeutet flüssigkeitsgefüllte Zyste. Weiß bedeutet dichtes Gewebe. Je heller, dichter, umso verdächtiger.

Vielleicht ist der helle Fleck, etwa so groß wie eine Euromünze, nur stark entzündetes Drüsengewebe …

Warum die Mammografie dann noch gemacht werden muss, die scheußlich wehtut, weil die Brust so zwischen zwei Plexiglasscheiben zusammengequetscht wird wie Apfeltrester beim Saften, ist mir unklar.

Man sähe Verkalkungen genauer.

Was hilft mir das, wenn am Ende eh eine Biopsie gemacht werden muss?

Es hilft den Ärzten wohl, Geld zu verdienen.

Jetzt bin ich unfair, sorry. Ich verstehe zu wenig.

Die Biopsie findet acht Wochen später statt. Der Befund kommt nach drei Tagen.

„Positiver Nachweis eines invasiv duktalen Karzinoms".
Werde ich verarscht?
Bei einem Schwangerschaftstest kann das „positiv" ja wirklich so interpretiert werden.
Ich kann mir nicht vorstellen, was daran positiv sein soll, dass die Zellen meiner Milchgänge zu Krebs entartet sind.
Ob das Präparat verwechselt wurde? Soll ja vorkommen ...
Nein, das kann nicht sein.
Ich wach sicher gleich auf.
Doch in meinem Innersten weiß ich, dass ich Brustkrebs habe.
Wie lange es dauert, bis ich es laut einsehe und aufhöre, mich selbst zu belügen?
Genau erinnere ich mich nicht.

Marathon I

Die junge Ärztin rückt ihre Brille zurecht. Der wuchtige Mahagonischreibtisch als Barriere zwischen uns. Sie wirkt so klein und hilflos in ihrem Leder-Chefsessel. Blickt immer wieder nervös auf den Bildschirm vor sich, damit sie nicht in unsere Augen schauen muss. Egon bestand darauf, mitzukommen. Nahm sich extra den Halbtag frei im Institut.

„Also, Sie müssen wissen, die Chemotherapie erfolgt bei optimalem Verlauf über mindestens 24 Wochen. Danach haben Sie aufgrund Ihrer günstigen Rezeptorkonstellation die Möglichkeit, sich weiter mit Tamoxifen behandeln zu lassen, um das Rückfallrisiko zu verringern, am besten für mindestens weitere 10 Jahre."

Dann wäre ich 55. Am Ende. Wenn alles passt. Gut geht. Wie sagt man ...?

Die Nebenwirkungen der Chemotherapie seien ja bekannt. Das Tamoxifen verursache Beschwerden vergleichbar mit den Wechseljahren.

„Die Behandlung bei Brustkrebs ist kein Sprint, sondern ein Marathon", die Ärztin fügt ein bedeutsames Nicken ihren Worten hinzu.

„Marathons ist meine Frau gewöhnt", Egon legt seine Hand auf meine Schulter und schaut mich tapfer an. Seine Hand lastet felsenschwer auf mir. Ich widerstehe dem Impuls, ihr auszuweichen.

Nicht mehr im Hier und Jetzt sehe ich vor meinen Augen die Szene vor zwei Jahren in Santa Fe: Egon am Straßenrand hinter den bunten Absperrungsplastikbändern entlang der Wettkampflinie zusammen mit Florence, um mich anzufeuern, zum Durchhalten zu motivieren. Ich erkenne sie gerade noch beim Vorbeilaufen unter der unendlichen Menschenmenge

der Marathonzuschauer. Am Ende empfangen mich beide stolz am Zieleinlauf.
   Und jetzt?
   Wie oft habe ich Egon eigentlich weinen sehen?

Papa

Papa ist eigentlich Zimmermann und Schreiner. Im Grunde aber Mädchen für alles. Er zimmert während meiner Kindheit nicht nur unseren Dachstuhl, sondern auch die gesamte Holzwand und -decke des Ess- und Wohnzimmers aus heller Eiche. Er baut unseren dunkelgrünen Kachelofen, der im Zentrum der eben genannten Räume steht, von der Küche aus beheizbar, mit einer Sitzbank drum herum in den beiden anderen Zimmern. Verlegt die kupfernen Rohre der Fußbodenheizung selbst. Auf Knien mit Knieschützern setzt er die Fließenplatten und haargeraden Fugen in Bad und Gang. Schreinert mein Kinderbett. Zusammen schnitzen wir ein Puppenbett für mich. Ich schnitze mir in den Finger. Es blutet wie auf einem Schlachthof. Die ganze Treppe voller dicker, dunkelroter Tropfen, von unserer spinnwebigen Kellerwerkstube bis zur Wohnung.

Papa zeichnet sogar den Bauplan für unser kleines Einfamilienhaus selbst. Vielleicht war das der Auslöser für meine Wahl, Architektur zu studieren.

Auf der Baustelle bin ich jede freie Minute meiner Kindheit dabei, wenn ich nicht mit meiner Freundin Ilka spiele. Wir verlegen mit einem benachbarten Elektriker die Stromkabel in den Wänden. Ich darf stolz die Abisolierzange in der Hosentasche tragen und immer die bunten Plastikhüllen von den Kupferdrähten abklippen. Dabei muss man aufpassen, die Zange nicht zu fest zusammenzudrücken, damit nicht der ganze Draht durchtrennt wird.

Der Sohn des Nachbarn ist 14 oder 15. Er tritt in seines Vaters Fußstapfen und beginnt auch gerade eine Elektrikerlehre. Ich bin furchtbar eifersüchtig auf ihn, weil er so viel mehr helfen darf. Als er mir die Abisolierzange abnehmen will, protestiere ich. Auf Papas Intervention: „Sonja, es dauert viel länger, wenn er sie immer bei dir ausleihen muss. Gib sie ihm bitte!", brülle ich: „Du hast den Ulrich viel lieber als mich, weil er ein Junge ist. Du hättest viel lieber einen Sohn als eine Tochter!" An seine Reaktion erinnere ich mich nicht mehr.

Ich bin sieben oder acht Jahre alt, da zeichnet Papa im Neubau den Schatten meines Gesichts im Profil an die frisch weiß verputzte Wohnzimmerwand. Ich muss ganz ruhig stillhalten, damit sich der Schatten nicht bewegt.
„Aber was wird Mama sagen? An Wände darf man doch nicht malen!"
„Da kommt eh die Holzvertäfelung darüber." Er zwinkert mir zu.
Später wird er bei einem Besuch im Krankenhaus mal sagen: „Oh Sonja, du siehst so kalkweiß aus wie eine Wand."
Ob er sich manchmal erinnert, was sich hinter seiner Täfelung versteckt?

Wettbewerb I

Zeichnen lag mir als Kind. Neben Lesen mein liebstes Hobby.

Einmal in der Primarschule fand ein Raiffeisenbank-Malwettbewerb im Dorf statt. Unsere Schule nahm daran teil. Das Thema: Energie. Erster Preis: Besuch des Zirkus Krone in München.

Den gewann dann eine Freundin. Ich den zweiten. Ein Sachbuch über Energie, Blitzeinschläge, Windkraft und so weiter. Die waren damals thematisch schon ziemlich modern edukativ.

Der Grund, warum ich nicht den ersten Preis erhielt: Die Jury glaubte nicht, dass ich es allein gemalt hätte.

Derweil malte ich damals, typisch Kind, überhaupt nicht perspektivisch. Da hätten die doch sehen können, dass eine Achtjährige das malte!

Meine Inspiration wurde geweckt durch den Besuch mit Papa im Forstwald zur Holzauswahl für den Hausbau. Ein Holzsägewerk mitten im Wald an einem Fluss mit Wasserrad zum Antrieb der Säge. Alles in gleicher Größe über dem Blatt verteilt wie von geradeaus oben betrachtet. Die Darstellung dann aber doch wie von der Seite aus gesehen. Eben wie bei einem dieser großen „Wimmelbücher" für Kinder. Die Erinnerung an den Tag im Wald mit dem duftenden Geruch von frisch gesägtem Holz und wilden Pilzen.

Papa meinte, es sei ein tolles Bild und ein tolles Buch.

Er ist wie sein Papa, mein Lieblingsopa.

Nie ein böses Wort.

Ich wünschte, ich könnte das auch.

Schlafes Bruder I

Jede Nacht wache ich auf. Nicht nur wegen des Schwitzens, das fieberartige Ausmaße annimmt. Es ist vor allem das Frieren danach, wenn der klatschnasse Pyjama auf die absinkende Temperatur meines Körpers nach zwei Uhr morgens trifft.

Tamoxifen-Wechseljahre.

Die Waschmaschine läuft fast täglich. Zum Glück lebe ich nicht vor 70 Jahren. Mit Zuber und Waschbrett und aufgerissenen Händen. Oder in Peru. Sonst müsste ich an einen Fluss gehen jeden Tag zum Wäschewaschen.

Jede Nacht stehe ich auf, wechsle den klitschnassen Schlafanzug und versuche mich dann an einer etwas versetzten Stelle auf meiner Bettseite, wo die Matratze und Zudecke nicht nassgeschwitzt sind, hinzulegen. Vorsichtig, leise und sanft, um Egon nicht aufzuwecken.

Manchmal aber auch eifersüchtig auf seine ungestörte Nachtruhe, sodass ich mich mehr oder weniger bewusst absichtlich laut und plump ins Bett fallen lasse.

Wie oft hatten wir uns doch über befreundete Paare lustig gemacht, die getrennte Schlafzimmer nutzen. Genau wissend, was der andere gerade denkt, warfen wir uns dann immer wortlose, aber vielsagende, schmunzelnde Blicke zu.

Jetzt denke ich, manchmal wünscht er sich auch ...

Mama I

Bevor Florence geboren wurde, hatte ich nach dem Architekturstudium meine erste und einzige Stelle in einem großen Architekturbüro in München. Beide Filialen super Lage, eine mitten am Marienplatz, die andere im Villenviertel Bogenhausen. Super Interior-Design mit offenen Einheiten und einer riesigen Küche mit zwei noch riesigeren Kaffeevollautomaten. Meterlanger Glastisch im Besprechungsraum. Die Projekte, an denen ich mitarbeiten durfte, waren eher klein. Von Verwirklichung keine Rede. Aber komfortabel.

Das Erste, was ich merke: Dass mir Kaffee nicht mehr schmeckt, allein schon den Geruch kann ich nicht mehr ertragen. Noch bevor ich es richtig Morgenübelkeit nennen kann. Als der Teststreifen das sogenannte Positiv anzeigt, entlockt dies mir erst einmal ein lautes „Scheiße!". Ich versuche, meinen wachsenden Bauch so lange wie möglich im Büro unter Schlabberkleidung zu verstecken, wie damals als Teenager meinen Busen.

Kaum halte ich Florence in den Armen, will ich nichts anderes mehr. Als Mutter sein. Ihre Mama. Sie zu stillen versöhnte mich sogar mit meinem Busen.

Wie als Belohnung wird der danach kleiner, schrumpft wie Dörrpflaumen. Als ich nach über einem Jahr wieder im Büro erscheine, Komplimente mehr über meine Kostümfigur als über meine architektonische Leistung.

Nichts geht jedoch über ein glückliches Lachen oder zufriedenes Lächeln von Florence.

Rollen

Als ich Egon in München während unserer Studienzeit kennenlernte, wurde mir rasch klar: Meine größte Konkurrentin wird die Theoretische Physik. Noch dazu: Teilchenphysik. Speziell: Quantenoptik.

Eine Karriere an der Universität, was anderes kann man damit nicht anfangen. Doktoranden-Verträge für maximal ein Jahr, meist nur ein halbes. Dass man damit später mal keine Familie ernähren kann, war uns damals erst nicht klar.

Verliebt. Verlobt. Verheiratet.

Mein Einkommen damals im Architekturbüro München – man glaubt es nicht – höher als seins als Doktorand.

Dann Jahre später der Ruf an die Physikabteilung in Innsbruck und der Umzug nach Österreich. Die Professur sei nach zwei Jahren Forschung in Innsbruck so gut wie sicher.

Die Stadt selbst auf den ersten Eindruck kein Vergleich zu München, ich vermisse den bunten wuseligen Viktualienmarkt, den Englischen Garten, die Isarauen. Bald wird es aber doch ein Zuhause, die Berge sind nah, die Menschen freundlich, das Essen ein Genuss. Wenn Florence mit ihren Freundinnen spielt, ist sofort ihr automatischer Wechsel von unserem familiären Hochdeutsch-Bayerisch in den Tiroler Dialekt zu vernehmen.

„Grias-di, pfiat-di". Und wenn ich den Berg „auffi" lauf, muss ich oft „arschlings" wieder herab.

Florence ist ein Schmotzgoggl. Sie liebt meine Kasspatzln und Kaspressknedl. Von ihrem Taschengeld bringt sie mir als Dank Topfenstrudel aus der Stadtkonditorei neben der Schule mit.

Auch Innsbruck beginnt mir ans Herz zu wachsen. Das Goldene Dachl, die Annasäule, der Inn mit seiner Promenade, in der nicht allzu weiten Ferne der Gipfel des Patscherkofels.

Das Alte und das Neue Landhaus stilistisch vereint, das eine ganz glatt, das andere nicht so, wie ein jugendliches Gesicht und ein altes, faltiges.

Im Winter Skifahren in Sankt Anton.

Tochter I

Florence findet Marathon „boring". Sie zieht es noch stärker als Egon und mich in die Höhe. Ende Sommer, als es mir nach der Chemotherapie besser geht, unternehmen wir eine Kurzreise nach Südtirol. Dort holen wir Florence von der letzten Etappe ihrer mehrtägigen Alpenüberquerung ab. Ich komme mir vor wie im Schlaraffenland, wenn ich die Speisekarten der zahlreichen Gaststätten und die unendlichen Hänge mit roten und grünen Apfelbäumchen und Weinreben betrachte.

Online finde ich die Beiz mit dem „Besten Kaiserschmarrn von Meran".

Euphorisch erschöpft und glücklich nach der warmen Dusche im Hotel sitzt Florence mit uns im rauschenden Schatten der Kastanien an einem Außentisch. Zwischen uns die großzügige Portion goldgelber Kaiserschmarrn mit Preiselbeeren und Apfelmus an der Seite.

„Wieso tun die überall die Preiselbeeren dran? An Papas Wiener Schnitzel, das ist klar, aber hier?"

„Lass es halt an der Seite, wenn du es nicht magst. Ich finde, es passt."

Ich stopfe genüsslich die zweite Gabel in den Mund, doch komisch ... hat die Chemotherapie meine Geschmacksrezeptoren zerstört? Plötzlich schmeckt es salzig.

Florence verzieht sofort bei der ersten Gabel das Gesicht: „Das ist ja total versalzen. Der Koch hat wohl den Zucker mit Salz verwechselt."

„Vielleicht gehört sich das so. Vielleicht ist das genau die Spezialität hier."

Florence ist sich sicher: Da ist was falsch. Wir fragen den eilig vorbeilaufenden Kellner.

Er nimmt den Teller sofort pflichtbeflissen mit in die Küche und kommt kurz darauf zurück mit der tausendfachen

Entschuldigung des Kochs. Er hat wirklich den Salztopf mit dem Zucker verwechselt beim Glasieren in der Pfanne.

Dank Florence bekommen wir eine frische Portion, diesmal richtig. Er ist wirklich sehr gut.

Statistik I

„Der Muttermund ist schon vier Zentimeter offen, wir haben keine Zeit mehr zu warten. Sie wird sich nicht mehr drehen. Wir werden einen Notfallkaiserschnitt machen müssen – mit den Ihnen bekannten Risiken für Sie und Ihr Baby. Nehmen Sie Vernunft an, und lassen Sie uns die Sectio jetzt anmelden, solange wir noch geplant vorgehen können", bombardiert mich der Oberarzt im Gebärsaal mit seinen nachvollziehbaren Argumenten.

Warum hat es sich Florence auch in den Kopf gesetzt, mit dem Hinterteil voraus auf diese Welt kommen zu wollen? So als würde sie jetzt schon der Welt zeigen wollen: „Ihr könnt mich alle mal …"

Ich schließe erschöpft die Augen. Die langen Haare kleben verschwitzt an meiner Stirn. Die Infusion am linken Handrücken macht, dass sich die Wehenschmerzen etwas weniger stark stechend, nur noch bohrend und ziehend anfühlen.

Die gestresste Hebamme hatte alles versucht. Sie mit Lichtreiz von außen an der Haut an meiner Bauchkugel zu einem Purzelbaum zu verleiten. Frustraner Versuch einer sogenannten äußeren Wendung, bei der sie sich quasi mit ihrem gesamten Gewicht auf meinen Babybauch kniet. Die Ärzte machen deutlich, dass sie keine Erfahrung mit einer Spontangeburt in Steißlage besitzen und ihnen das Risiko deshalb zu groß ist.

Warum ich trotzdem unbedingt keinen Kaiserschnitt will? Ist es wirklich nur Trotz und Stolz? Kaiserschnitt-Babys seien auch Risiken ausgesetzt. Ich habe gehört, die Atmung sei nach einer Sectio öfter beeinträchtigt. Auch fehle die natürliche Impfung mit der normalen Bakterienflora aus dem Geburtskanal, was auch eine Vorbeugung gegen Allergien sei.

Ich höre tief in mich rein:
„Was willst du?"
„Mach eine Brücke, heb das Becken in die Luft."

Ich mache es.

„Jetzt dreh dich auf deine linke Seite."

Ich mache es.

Plötzlich das Gefühl einer Wäscheschleuder. Beinahe erbreche ich.

Die Wehen gehen wieder los.

Durch den Wehenschreiber alarmiert, stürmen die Ärzte und die Hebamme wieder hektisch und aufgeregt an mein Bett.

„Unglaublich. Der Kopf liegt voran!", die Hebamme, die mich sofort untersucht, blickt zwischen meinen Beinen mit fassungslosem Blick zu mir empor.

Danach geht alles ganz schnell.

Nach knapp zwei Stunden liegt ein blutiges, voller Käseschmiere weißes Bündel auf meiner Brust.

„Hallo du ..." Kurzer Blick aus rot verquollenen Augenlidern. Hat sie schwarze Augen? Sie macht sofort wieder zu. Zu hell hier.

Ich beschließe, die Baby-Ratgeber zu Hause in die Mülltonne zu werfen. Von nun an werde ich mich nur noch auf unsere Intuition verlassen. Mutter-Tochter-Evolution.

Was ich noch lerne: Schmerzen, ihre Wahrnehmung und Erinnerung an sie, sind nicht objektiv. Diesmal im Nachhinein alles Friede, Freude, Eierkuchen.

Plötzlich entsteht wieder Tumult und Aufregung um unser Bett.

Egon ist beim Anblick seiner blutverschmierten neugeborenen Tochter kurz mal ohnmächtig geworden.

Flach liegend erreicht sein Blut wieder sein Gehirn, und er kommt wieder zu sich.

Er nimmt sich sichtlich zusammen, der Arme. Mit bleichem und müdem, aber so glücklich wirkendem Gesicht wie noch nie, umarmt er mich und unsere neugeborene Tochter.

Geschlecht

Mein erster Spielkamerad neben meinem Onkel war auch ein Junge. Thomas. Er wohnte in der Nachbarschaft, ging mit mir in den Kindergarten und die ersten Schulklassen. Er war mein Freund, mein bester. Die ersten Jahre. Die Familie hatte im Garten eine riesige alte Trauerweide. Deren bis an den Boden herunterhängende Äste und Blätter bildeten rundherum um den Stamm eine dichte Wand, sodass man sich im Inneren unter dem Blätterdach wie in einem Haus fühlte. Sie war unser Haus. Thomas war der Vater, ich die Mutter, seine kleine Schwester unser Kind. Wir spielten viele Jahre so miteinander, bis es eines Tages vorbei war. Dies geschah etwa um die Zeit, als ich anfing, mich vor den Blattläusen der Trauerweide zu ekeln. Aber dies ist eine andere Geschichte.

Wenn wir nicht zu dritt unter unserem Trauerweidenhaus Familie spielten und mit Matsch und Blättern kochten, kletterten Thomas und ich auf die Buche nebenan. Seine Schwester war zu jung und klein zum Daraufklettern, und überhaupt, die untersten Äste hingen zu hoch. Dafür nahmen Thomas und ich unsere kleinen Äffchen-Kuscheltiere mit in unser Baumhaus, die hießen Monchhichis und waren damals sehr „in".

Diesen Spielzeugäffchen konnte man ihren Daumen in den kleinen runden Mund stecken oder in die Faust der anderen Hand. Dann hielten sie sich selbst mit den Armen zum Beispiel an einem Ast fest. Thomas hatte einen und ich zwei. Wir waren eine große Affenfamilie.

„Ich würde jetzt Bananen suchen gehen", so oder ähnlich erklärte Thomas immer.

„Sag nicht immer ‚ich würde', mach es einfach, sonst macht es gar keinen Spaß!", wies ich ihn mehrmals ohne Erfolg zurecht.

Meine Illusion getrübt.

Eines Nachmittags schlug er vor, wir hätten hier unser Klo. Da müssten wir jetzt runterpinkeln. Gesagt, getan. Hosenfalle auf, pinkelt er vom Baum. Einfaches Geschäft als Junge.

Ich hatte es da schon schwerer. Musste die Hose runterziehen und dabei aufpassen, dass ich nicht vom Baum fiel. Noch dazu in seine Lache.

Mitten in dem komplizierten Prozedere kam gerade die alte Nachbarin vorbei. Das gab vielleicht ein Geschrei. Ich wurde nicht nur vom Baum, sondern auch noch vor die Haustür meiner Eltern gezerrt.

Was mir denn einfiel. Wie ich so schamlos sein konnte.

Keine Möglichkeit zu erklären, dass ich mir eigentlich gar nichts dabei gedacht hatte, außer, wie ich es hinkriege, gleichzeitig mir nicht den Hosenbund nasszumachen und nebenbei nicht vom Ast zu fallen ...

Thomas gab natürlich nicht von sich aus zu, dass es ja eigentlich seine dumme Idee war und er auch zuerst ...

Ich verriet ihn auch nicht.

Heiß brennende Scham.

Das erste, aber nicht das letzte Mal der Wunsch, ich wäre ein Junge.

Tochter II

Egon hilft Florence im ersten Semester bei Physik. Ich frage sie im zweiten in Anatomie ab und lerne selbst viel Interessantes dabei. Mit Biochemie im dritten müssen wir beide passen, da muss sie sich allein durchkämpfen.

Nachher die klinischen Semester, endlich atmet sie etwas auf. Endlich „richtig" Medizin, sagt sie.

Onkologie ihr Ziel. Ich fühle mich schuldig irgendwie.

Aber ich hüte mich davor, vorzuschlagen: „Mach doch etwas weniger Anstrengendes."

Sie sagt: „Ich will auch einmal Mama werden."

Sie sagt auch: „Ich habe im Moment keine Zeit für eine Beziehung."

Ich brauche ihr nicht zu sagen, dass es mir egal ist, ob sie einen Mann oder eine Frau mit heimbringt.

Ich wünsche, sie findet jemand wie Egon und ich. Mit dem man alt werden will.

Ich hoffe, die Berufssituation für Mediziner habe sich wirklich verbessert, wie es heute heißt. Dass sie nicht feige wie ich meint, sich entscheiden zu müssen.

In Wahrheit sich treiben lässt (wie ich) ...

Ich wünsche, Florence wird es schaffen. Beides. Unter. Einen. Hut.

Mama II

Muttersprache.

Erstes Wort von Florence: „Mamam". Uns ist bis heute nicht klar, ob sie damit *mich* oder „Essen" meinte. Wahrscheinlich beides. Ich war ja quasi ihr Essen anfangs.

Wir liebten es beide, wenn ich ihr Geschichten vorlas. Astrid Lindgren, Kirsten Boie, Cornelia Funke, Doris Dörrie ...

Spielen mit einem Einzelkind kann nach einiger Zeit ermüden. Lesen geht immer.

Kochen und Backen auch fast ideal mit einem Kind. Umso besser und einfacher, je älter, zumindest das Kind. Obwohl auch dann noch das Chaos in der Küche wieder in Ordnung zu bringen mein Job bleibt.

Mache ich da was falsch?

Funktioniert das doch nicht immer so gut mit der Intuition?

Später in den USA lese ich ihr die erste Schullektüre, „House of the Scorpion" von Nancy Farmer, wieder vor, damit sie einfacher in die neue Sprache Englisch reinkommt. Auch ich finde die Story spannend. Danach folgen John Green, „The Giver" von Lois Lowry, „Handmaid's Tale" von Margaret Atwood ... die lesen wir beide nacheinander jeweils allein. Es folgen viele angeregte Esstischdiskussionen darüber.

Bis heute liest vor allem Florence eigentlich nur auf Englisch. Es ist quasi ihre zweite Muttersprache.

Karriere

Der Plan war eigentlich: nach Innsbruck wieder zurück nach München. Doch die Physikabteilung der Ludwig-Maximilian-Universität hat andere Pläne mit Egon. Die Zusammenarbeit mit dem Team des National Laboratory in Los Alamos im Bundesstaat New Mexico soll verstärkt werden.

USA? Wirklich? Muss das sein?

Die Professur sei danach „absolut sicher", damit endlich auch eine Festanstellung und ein gesichertes Einkommen.

„Du arbeitest doch schon seit Jahren nicht mehr und kämst im Notfall nur schwer wieder in die Architektur rein", so sein Argument, und höre ich da einen leisen Vorwurf...?

Florence, mittlerweile 14, ist sofort von der Idee begeistert: „Amerika!"

Sie sucht sich die Internationale Schule im benachbarten Albuquerque aus. Wegen der Theaterbühne, es gibt eine Musicalgruppe. Dass die Schule von unserem neuen Zuhause in Santa Fe, welches zwischen den beiden Arbeitsstellen meiner Lieben liegt, genau eine geschlagene Stunde Autofahrt bedeutet, interessiert sie nicht.

„Ich kann doch während der Fahrt Hausaufgaben machen...!"

Ach ja, und was mach ich mit meiner Zeit? Ich muss fahren, zweimal am Tag die Strecke. Wenn ich nicht von morgens halb neun bis nachmittags um vier Uhr meine Zeit, mit der ich ja nichts Besseres vorhabe, vor Ort in Albuquerque verbringen will.

Habe ich aber. Was Besseres vor. Eigentlich.

Egon ist sehr viel abwesend und oft müde von der Arbeit. Am Wochenende machen wir Ausflüge, um das Land kennenzulernen.

Florence lernt in der Schule Spanisch. Sie übersetzt mir wieder, wenn nötig, zum Beispiel wenn der Gärtner mir teure Pinienstreu andrehen will.

Ich lerne mexikanische Küche. Bereite Burritos, Arroz con Pollo, Tortilla de Patatas, Chili sin Carne, Guacamole zu ... wir werden immer schärfer.

Online beginne ich ein Spanisch-Lernprogramm. Es klingt schön. Wie Französisch. Wie Musik.

Santa Fe

Santa Fe ist eine Bilderbuchstadt. Auf 2000 Meter Höhe. Quasi am nördlichen Fuß der Rocky Mountains. Die Altstadt um den Plaza voller alter, einfacher Pueblo-Lehmbauten in der Adobe-Bauweise. Teilweise noch aus der Gründerzeit Anfang des 17. Jahrhunderts. Sie erinnern an längst vergangene Zeiten. Die meisten sind unter Denkmalschutz.

Teilweise wirkt es auf mich, als befände ich mich in Südamerika in einer ehemaligen Inkastadt. Nicht, dass ich den Vergleich hätte und das beurteilen könnte. Ich war leider noch nie in einer. Noch ein leerer Eimer meiner Bucketlist.

Oft streife ich durch die verwinkelten schattigen Gassen. Manchmal tauche ich in das New Mexico History Museum oder noch viel lieber in das Museum of International Folk Art ein. Dieses und überhaupt die allgegenwärtige Kulturszene in Santa Fe haben einen inspirierenden Einfluss auf mich. Stark beeindruckt mich eine Sonderausstellung über Frieda Kahlo. Beinahe erweckt sie in mir die Lust, mein Mastopathie-Leiden auch mit dicken, bunten Ölfarben auf eine Leinwand zu projizieren wie sie ihre Schmerzensgeschichte. Aber das wäre irgendwie Plagiat. Und überhaupt fehlen mir das künstlerische Können und der Mut.

Ich habe bei meinen Streifzügen durch die Stadt die Auswahl zwischen Hunderten von Galerien. Überdies ganze Straßenzüge, sogar komplette Stadtviertel voller riesig bunter Graffitis an den Hauswänden. Eines davon eingebrannt in meine Erinnerung: ein lebensgroßer, die ganze Fassade ausschmückender blühender Baum, dessen Stamm das Fenster des Hauses im gleichen Braunton in sich versteckt hält wie ein riesiges knorriges Astloch. Dieses Graffiti lässt mich an das Auenland der Hobbits denken.

Unzählige kleine und größere, mehr alternative als kommerzielle Kunstläden und Ausstellungen um mich herum. Die Menschen hier laden mich Fremde sofort ein, mit breitem Lachen und sprudelndem rasantem Spanisch, dem ich nicht immer ganz folgen kann. „Lo siento! No comprendo. No hablo mucho Espanol."

Wenn allein, sei es zu Hause, in einem Café oder einem der vielen Parks in Santa Fe oder Albuquerque, übe ich auf meinem neuen Tablet mit einem Online-Sprachkurs mein Spanisch. Ich wage mich am Ende an die Lektüre „Un cuento triste no tan triste" von Jorge Bucay. Hin und wieder kritzele ich auch an Entwürfen und Skizzen. Spiele sogar mit dem Gedanken, wieder Architektur ...

Marathon II

Als Ausgleich zu den vielen stundenlangen Fahrten zur Schule im Auto beginne ich zu laufen.
Ja, wirklich. Joggen. Ich, die rennen als Jugendliche hasste. Manchmal bleibe ich sogar den Tag über in Albuquerque, Kleidung im Kofferraum, Sportkleidung schon am Leib, und laufe dort. Lieber laufe ich aber zu Hause in Santa Fe. Duschen und so ...
Mein erster Marathon am 13.12.2015 in Santa Fe. Ich laufe ohne große Erwartungen einfach los. Das einzige Ziel, das ich mir setze: am Ende ankommen. Das tat ich dann auch nicht nur in knapp vier Stunden, sondern in erstaunlich gutem körperlichem Zustand. Dank eingelaufener Schuhe keine Blasen an den Füssen. Keine Krämpfe, keine Gelenkbeschwerden. Auch an den folgenden Tagen keinen übermäßigen Muskelkater. Nur der Urin am Abend nach dem Rennen ist bierbraun. Ich bin dann doch ganz kurz erschrocken. Obwohl ich gelesen hatte, dass durch die enorme Belastung Muskelzellen kaputtgehen können, wodurch dann ein rotes Eiweiß freigesetzt wird. Rhabdomyolyse.
Während des Laufens höre ich nie Musik mit Kopfhörer. In Albuquerque ist es mir in der Stadt zu gefährlich mit dem Verkehr. In Santa Fe genieße ich lieber die Geräusche der Natur, das laute Zirpen der Grillen, das Kreischen der kreisenden Vögel am Himmel. Außerdem habe ich gelernt, in mir drin Musik in meinem Kopf zu hören. Wechselnde Lieblingssongs, die ich innerlich aus dem Gedächtnis abrufen kann und die mich dann Schritt halten lassen.
Das Beste am Laufen: Es sortiert die Gedanken. Ich vergesse ganz oft, dass ich am Laufen bin, weil meine Gedanken mich forttragen. Oft kann ich während eines Laufes endlich langwährende belastende Probleme oder Sorgen lösen. Als würde

mein Gehirn plötzlich durch die erhöhte Durchblutung fähig werden, alte, festgetretene Denkmuster und Synapsen-Verbindungen zu durchbrechen und mir zu erlauben, neue, alternative kreative Wege zu denken.

Beides nutze ich auch beim Marathon. Ich laufe großteils wie in einem Flow. Es macht sogar Spaß. Unwohl fühle ich mich nur zweimal: das erste Mal bei Kilometer 15 bis 16, ein eigenes körperliches Tief, das schnell überwunden ist. Noch viel schlimmer aber das zweite Mal bei Kilometer 23, als ein anderer Läufer am Straßenrand vor meinen Augen zusammenbricht und vor Krämpfen ganz unmännlich brüllt. Der Anblick dieser Schmerzen eines Fremden lässt in mir so negative Emotionen aufwallen, dass ich fast selbst körperlich leide, auf jeden Fall plötzlich kleine Wehwehchen in den Beinen wahrnehme, die ich sonst in der Euphorie ausblende. Bewusst konzentriere ich mich wieder auf positive Gedanken, die bunten Straßenbilder, der tiefblaue Himmel mit den vereinzelten Wolken, und lasse den krampfenden leidenden Läufer erbarmungslos hinter mir. Die Sanitäter knien bereits neben ihm.

Rückzug

Aus den anfangs geplanten zwei wurden am Ende dann doch drei Jahre Los Alamos. Dann aber wird endlich die ersehnte und wohlverdiente Professur-Stelle Theoretische Physik in München an der Ludwig-Maximilian-Universität frei für Egon.

Diesmal ziehen wir aufs Land. Starnberger See. Nicht so einfach, dort etwas zu finden, geschweige denn bezahlbar. Ich schätze: Egon will es mir schön machen, weil wir so viel in der Welt herumziehen.

Mein neues Hobby: Gärtnern. Trial and Error. Nach etwa drei Jahren habe ich herausgefunden, welche Gemüse bei mir überleben und sogar etwas Ertrag bringen. Der grüne Daumen meiner Oma scheint auf jeden Fall nicht in meinen Genen zu liegen.

Florence macht das Abitur an der Internationalen Schule in München. Diesmal nimmt sie die S-Bahn für den Schulweg. Ich habe fast zu viel Freizeit.

Im Nachhinein, erst viele Jahre später, erzählt sie, wie unwohl sie sich dort fühlte. Münchner Schickeria. Ich kannte das von uns früher gar nicht. Oder war ich nur naiv?

Eine Weile lang ist sie unentschlossen, ob sie lieber Medizin oder Psychologie studieren möchte.

Komischerweise fällt ihr Entschluss kurz nach meiner Diagnose.

Ich mache mir ein schlechtes Gewissen irgendwie.

Rückblick II

Als Kind sei ich einmal fast gestorben. Angeblich. Die Story hört sich irgendwie an wie erfunden. Ich war zu jung, mich zu erinnern. Aber ich kann mir nicht vorstellen, dass meine Oma (die dicke) lügt.

Ich bin drei Jahre alt. Es ist Winter. Oma und ich müssen den Wocheneinkauf machen gehen. Mäntelchen, Mütze, Handschuhe, Stiefelchen an.

Es ist mühsame Arbeit, ein Kleinkind im Winter anzuziehen. Ich habe immer Mitleid mit Eltern mit Kleinkindern auf der Skipiste. Wenn die mal pinkeln müssen, ist der halbe Tag vorüber, bis man wieder fertig ist.

Oma muss noch mal rein ins Haus. Nicht pinkeln, erzählt sie, sondern sie hat das Portemonnaie vergessen. Sie sagt immer „Portemonnaie" statt Geldbeutel, sodass ich mir als Kind vorstelle, sie stamme von französischem Adel ab.

Drinnen in der Küche, Schublade der Küchenkommode auf und wieder zu. Portemonnaie in die Tasche.

„Rrrumms!" Der sei so laut gewesen, dass es an die Bombeneinschläge in ihrer Jugend erinnerte.

„Oh Jesus und Maria! Die Sonja!"

So schnell ihre dicken Beine sie tragen, eilt sie vor die Haustür, wo sie mich zum Warten deponiert hat.

Draußen auf dem Gartenweg keine Sonja, aber an der Stelle, wo sie stand, ein meterhoher frischer Schneeberg.

Ich werde aus dem Dachlawinenhaufen ausgegraben. Der Einkauf muss erst mal warten. Die Sonja umgezogen werden. Schnee sogar in der Unterhose.

Lesen I

Leseratte. Mein Spitzname als Kind.

Mit vier Jahren dachten alle, ich könne bereits lesen. Mein damaliges Lieblingsbuch „Die Struwwelliese" im Schneidersitz offen vor mir liegend rezitiere ich die ganze Geschichte von vorne bis zum Schluss. Wort für Wort. Immer korrekt platziert zur jeweiligen Seite und zum jeweiligen Bild. Auswendig.

Bald kam heraus, dass ich doch noch nicht lesen konnte.

Mit zwölf Jahren drohte Mama mir, „Der Herr der Ringe" wegzunehmen, wenn ich nicht noch etwas anderes in den Ferien machte. Zum Glück wurde mir im Auto beim Lesen während der Fahrt nicht übel. Auf dem Berg bestand ich dann darauf, barfuß zu laufen. Ich war abwechselnd entweder ein Hobbit oder eine Elfe.

Gute Bücher sind wie gute Freunde: Sie erzählen dir Wahrheiten, aber schreiben dir nicht eine Meinung vor.

Marathon III

Meine Behandlung beginnt an der Universitätsfrauenklinik Großhadern.

Großes Hadern ...

Ich bestehe auf einer kompletten Mastektomie beidseits, obwohl der Tumor makroskopisch in allen Bildgebungen bisher nur in der rechten Brust zu sehen ist.

Auch das präoperative, einmal von vorne nach hinten, von oben nach unten Durchleuchten meines gesamten restlichen Körpers, für die Einschätzung, wie fortgeschritten die Krebserkrankung bereits ist, ergibt keinen Hinweis auf eine Streuung, sprich Metastasen bisher.

„Somit ist die Prognose gut, und deshalb empfehlen die Leitlinien ein nicht radikales, brusterhaltendes Vorgehen."

Ich bleibe stur. Ich habe sie noch nie geliebt. Sie haben mir bisher bis auf eine Ausnahme in meinem Leben nur Schmerzen bereitet. Psychisch und körperlich. Ich lass mir von ihnen nicht auch noch das Leben nehmen.

Ich beschließe, den Chirurgen zu wechseln.

Komisch: Kämpfernatur war ich doch früher nie ...

Nach der histologischen Schnelluntersuchung noch während der Operation schneiden sie dann doch auch noch die Lymphknoten in der rechten Achsel heraus, weil das Risiko, dass dort bereits Mikrometastasen gestreut haben könnten, doch „nicht null" sei.

Statistik II

Ich schiebe es auf die postoperative Müdigkeit. Ich schalte ab, höre wortwörtlich nichts mehr, als der Onkologe mich ungefragt mit Überlebens-Prozentzahlen überschüttet.

Die Histologie des Lymphknotens, der während der Brustoperation aus meiner rechten Achsel entfernt wurde, ergab, dass sich dort bereits Krebszellen eingenistet hatten. Also doch nicht nur ein Koten in der Brust, den man mal so einfach kurzerhand herausnimmt und dann alles gut ... Das leuchtet mir ein.

Helfen mir die Prozentzahlen? Nein. Will ich gar nicht hören. Man kann doch nicht seine Hoffnung auf Zahlen bauen, oder doch?

Egon würde das vielleicht wissen wollen. Aber gehört es nicht zur Kunst des Arztberufes, die unterschiedlichen Patiententypen individuell zu erkennen?

Hätte ich eine Blumenvase neben meinem Bett stehen gehabt, hätte ich sie dem Arzt am liebsten an den Kopf geschmissen. Meine Treffsicherheit wahrscheinlich prozentual ähnlich schlecht wie seine 5-Jahres-Überlebensraten.

Seine Zahlen sind mir sowieso egal. Ich will auf jeden Fall die stärkste Chemotherapie, die er mir bieten kann. Sage ich jetzt.

Frag mich noch mal acht Wochen später. Nur vier Wochen nachdem es losgeht.

Spoiler-Alarm: Unter der Chemotherapie droht meine neu entflammte Kämpfernatur allmählich wieder zu schwinden.

Schlafes Bruder II

Chemotherapie bedeutet: Drei Tage hintereinander wird mir das Gift mit Infusionen in der Klinikambulanz in den Körper gepumpt, danach haben er und ich vier Tage Pause. Abwechselnd werde ich rechts und links in eine Handrückenvene oder in die Ellenbeuge gestochen, bis ich aussehe wie ein Drogenjunkie. Nicht nur die Arme, überhaupt. Mager, bleich, eingefallene Augen mit tiefdunklen Ringen.

Dieser Rhythmus wird strikt durchgezogen, zumindest, solange es geht.

Der erste Unterbruch folgt bereits nach zwei Monaten. Zu starkes Erbrechen, Durchfall und die Mundschleimhaut löst sich, dass es blutet. Ich muss stationär bleiben.

Wieder Infusionen. Diesmal ohne Gift, dafür mit einer Zucker-Salz-Lösung.

Langsam erholt sich mein Körper.

Meine Psyche nicht.

Manchmal wende ich die Taktik der sogenannten Dissoziation an: Ich bin nicht mehr in meinem Körper, mein Köper bin nicht mehr ich ...

Wieder zu Hause kann ich immer noch kaum essen.

Florence bringt Egon bei, wie man Grießbrei kocht, ohne dass er anbrennt.

Ich kann nicht mal Apfelmus dazu. Zu sauer. Dafür viel Zimtzucker.

Mir bleibt nun nur noch die Babynahrung, die Florence nie akzeptierte.

Nachts schlafe ich schlecht. Alles schmerzt. Der ganze Körper. Liege ich länger auf einer Stelle, muss ich mich drehen, weil die Gelenke, Knochen und wenigen verbliebenen Muskeln laut zu protestieren beginnen vor Schmerz.

Tagsüber bin ich zu müde und erschöpft sogar zum Lesen.
Morgens liegen immer mehr Haare auf meinem Kopfkissen.

Nach weiteren zwei Monaten gehe ich zum Friseur und lasse mir die wenigen restlichen zu einer richtigen Glatze wegrasieren.

Zum Glück ist es Winter.

Florence schenkt mir eine schöne graue Wollmütze. Ich bin nicht so der Bunte-Schal-Typ.

Architektur

Zeichnen und Lego bauen liebte ich als Kind. Somit fiel mir die Studienwahl nach dem Abi nicht schwer. Es gab ideale, interessante Studieninhalte wie Konstruktion, Raum-, Formen- und Materiallehre, ja sogar Statik lag mir. Dagegen fand ich die letzten Semester mit Architekturgeschichte einerseits und Baumanagement und -ökonomie nicht so prickelnd. Auch weil gleichzeitig in den letzten zwei Semestern die große Projektarbeit anstand, widmete ich diesen Themen nicht so viel Ehrgeiz.

Noch dazu investierte ich ab Mitte des Studiums viel Zeit und Energie in die Liebe und das Zusammenziehen mit Egon, den ich an der gemeinsamen Studentenparty der Ludwig-Maximilian-Universität und der Technischen Universität München auf der Praterinsel kennenlernte. Im Winter gingen wir oft gemeinsam in die Neue und Alte Pinakothek gleich gegenüber auf der anderen Seite der Technischen Uni in der Arcisstraße. Im Sommer nahmen wir uns Decke und gefüllten Picknickkorb mit in den nahe gelegenen Englischen Garten. Meine Entwürfe der Projektarbeit beäugte Egon mit kritischem Auge, jederzeit ehrlich und objektiv, was letztendlich der Qualität meiner Arbeit und meiner Projektnote nur förderlich war.

Treue wie in meiner Liebe zu Egon zeigte ich bei der Stellenwahl zum Berufseintritt nicht. Obwohl ich schon bei einem soliden, freundlichen Augsburger Architekten zugesagt hatte, trat ich nur drei Wochen vor Stellenantritt von diesem Angebot zurück, als sich plötzlich unverhofft die Möglichkeit ergab, dass ich in dem großen, renommierten Architektenbüro in München-Bogenhausen anfangen konnte.

Dort war ich dann aber nur ein kleines Rädchen im Uhrwerk, hatte als Aufgaben immer nur Teilprojekte an einem großen Gesamtwerk. Natürlich lernte ich auf diese Weise auch viel dazu, indem ich die Arbeit meiner Kollegen beobachtete.

Wirklich eigene Kreativität konnte ich jedoch nicht richtig ausleben. Im Gegenteil wurde mir eigentlich immer von meinen Vorgesetzten recht genau vorgeschrieben, was ich zu entwerfen hatte, wie sich mein Puzzleteil in das vorgegebene Gesamtbild einzufügen hatte.

Dadurch verlor ich innerhalb weniger Jahre an Begeisterung und Engagement. Die Geburt von Florence erledigte dann den Rest.

Ganz ließ es mich aber nie los. Der Traum. Vom eigenen Werk.

Abschied

Von der dicken Oma konnte ich Abschied nehmen. Sie war 89, als sie starb. Mein Lieblingsopa starb, als ich mitten im Studium war. Leider viel zu jung, Anfang 70.

Nieren, Herzkranzgefäße, alles war kaputt. Wegen des Zuckers. Ich war böse, dass sie mir erst im Nachhinein erzählten, dass er im Krankenhaus war. Ich hätte ihn besucht.

Die Besuche bei Oma waren bedrückend. Sie, die immer so geistig wendig und spritzig war, erkannte mich kaum noch. Hielt mich für meine Mutter.

Nachdem sie eines Nachts wirr, ohne zu wissen, wo sie sich befand, aus dem ungewohnten Krankenhausbett stürzte und sich zu der Lungenentzündung im Krankenhaus auch noch die Hüfte brach, ging es mit ihr endgültig und rapide bergab.

Am schlimmsten fand ich, dass sie starke Medikamente zur Ruhigstellung bekam, um nicht wieder auszusteigen und zu stürzen. Unter diesen Medikamenten stieg dafür ihr Verstand ganz aus.

Auf einen Schlag dement und nicht mehr sie selbst.

Ich lernte: Einmal im Krankenhaus ab einem bestimmten Alter oder bestimmter Krankheit ist gefährlich. Man entkommt ihm nicht mehr. Dem Krankenhausbett. Dem Verlust der Autonomie. Dem Verlust des ICH.

Dem Tod.

Kinderkrankenhaus

Wahrscheinlich, weil ich immer so viel draußen spielte und auch im Herbst und Winter auf kalten Steinen herumsaß, litt ich als Kind ständig unter Blasenentzündung. Oma machte mir Kamille-Sitzbäder. Mama ging mit mir zum Doktor. Der verschrieb mir Antibiotika und wies mich nach der vierten oder fünften Episode in das Krankenhaus ein. Irgend so eine kirchliche Diakonissen-Einrichtung.

Dort machten sie Untersuchungen in Vollnarkose an mir Fünfjährigen. Unter anderem eine Blasenspiegelung, wo sie mit so einem Katheter von unten durch die Harnröhre nach oben gehen und nach Gründen für die wiederkehrenden Infektionen suchen.

Narkose ist eine lustige Sache. Man denkt, man macht die Augen nur kurz eine Sekunde zu und dann gleich wieder auf. Keinen blassesten Schimmer, auch wenn es in Wahrheit Stunden dauerte.

Der Albtraum begann mit dem Aufwachen.

Ich muss mal, und zwar ganz dringend. Ich rufe, und die Klosterschwester bringt mir den Topf ans Bett.

Kaum lasse ich es laufen, brennt und sticht es so höllisch, als liefen Salpetersäure und Reißnägel gleichzeitig durch meine Harnröhre. Sofort verkneife ich den weiteren Fluss. Ich fange an zu weinen. Die Schwester schimpft ganz unchristlich mit mir, statt dass mir endlich ein Schmerzmittel gegeben wird.

Auch das Essen ist schrecklich. Ich hasse Stückchen im Joghurt. Und grüne noch viel mehr. Keine Ahnung, ob es Apfel, Kiwi oder Stachelbeere sein soll. Auf jeden Fall kann die olle Krankenschwester den selbst essen, wenn sie meint, der sei so gut und andere arme Kinder in Afrika wären froh darum.

Am schlimmsten aber: Meine Eltern dürfen nicht über Nacht bei mir bleiben.

Zum Trost schenken sie mir eine Puppe. Ich liebte sie nie. Mitleid nur mit mir selbst.

Weihnachten

Alle Jahre wieder feiern wir gemeinsam bei den Großeltern. Also bei Mama und Papa.

Schon komisch, wie man die Sprache ändert mit einem Kind. Sogar Egon sagt manchmal Mama statt Sonja, wenn Florence dabei ist. Was mich dann immer ganz wütend werden lässt.

Meine Eltern freuen sich immer zweimal. Einmal, wenn wir kommen, und dann, wenn wir wieder gehen.

Für alle war das Fest schöner, solange Florence klein war. Ihre Vorfreude auf das Christkind, auf den nadelduftenden geschmückten Baum, auf die verpackten Geschenke.

Irgendwie scheint es mir, als würden sich dieses Jahr alle, Florence, meine Eltern, Egon und ich, am meisten auf das eine Geschenk freuen: gemeinsame Zeit.

Es beginnt auch sehr harmonisch. Keiner mäkelt am Essen, jedem gefällt der kleine Baum im Topf mit den rot glänzenden Kugeln, der im Frühling in den Garten gepflanzt werden soll. Es gibt kaum noch Geschenke, wer wünscht sich denn noch was ab einem gewissen Alter, außer Gesundheit ...

Meine Eltern fragen für einmal nicht nach dem abwesenden Freund von Florence, aber dafür, wie es ihr im letzten Studienjahr geht und was für eine Richtung sie später einschlagen will.

„Onkologie"... da breitet sich plötzlich das erste Mal an diesem feierlichen Abend eine drückende Stille aus am Tisch. Ich versuche, die Spannung rauszunehmen: „Finde ich sehr bewundernswert, anspruchsvolles Fachgebiet und immer wichtiger heutzutage."

Papa wechselt das Thema: „Wir sollten bald los, die Christmette beginnt in einer halben Stunde."

Gemeinsam räumen wir das schmutzige Geschirr in die Küche. Alle ziehen sich Mantel, Schal und Stiefel an.

„Sonja, wo ist dein Mantel? Wir müssen los."

„Geht nur, ich bleibe hier."
„Warum? Geht es dir nicht gut?"
„Es geht mir den Umständen entsprechend gut. Ich habe nur keine Lust auf Kirche."
„Was soll das heißen? Es ist Weihnachten, Christmette!"
„Ich gehe nicht mit, tut mir leid."
Die Diskussion wäre wahrscheinlich noch ewig so weitergegangen, wenn ihnen nicht die Zeit davongerannt wäre und Egon und Florence, im Voraus im Klaren über meine Entscheidung, drängten: „Oma, Opa, kommt, wir vier gehen und nehmen sie im Herzen mit."

Meine Eltern blicken mich zum Abschied etwas traurig an. Papa meint noch: „Vielleicht täte dir gerade die Andachtsgemeinschaft gut ..."

Ich umarme sie. „Bis später."

Was am selben Abend keiner sah und merkte. Nach einer Weile trieb es mich unruhig aus dem einsamen Haus meiner Kindheit, als fühlte ich mich von meinem eigenen Bild hinter der Holzwand beobachtet.

Erst täusche ich mir selbst vor, ich müsse nur mal frische Luft schnappen. Der einsame weihnachtliche Nachtspaziergang endet dann aber doch wie automatisch und gewohnt vor dem mächtigen geschnitzten Kirchenportal mit den biblischen Holzornamenten. Das Knarren beim Öffnen des schweren Tors stört zum Glück aber niemand inmitten der bereits in vollem Gange befindlichen Messe, der Gesang und die Orgelklänge übertönen alles. So merkt niemand, am wenigsten meine Familie an ihrem Stammplatz vorderes Drittel rechte Bankreihen, wie ich mich ganz hinten in die letzte Reihe schleiche. Dicker Weihrauchduft schlägt mir atemberaubend entgegen. Ich setze mich still und berauscht nieder. Ich singe an diesem Abend das erste Mal keinen Ton mit. Die Texte sind mir so vertraut wie als Kind die der Struwwelliese.

Ich vermisse meinen Glauben. Ähnlich so wie Florence enttäuscht war, als sie ihren Glauben an das Christkind verlor.

Beten? Ich rede in Gedanken mit mir selbst und zu Egon, zu Florence, zu Mama und Papa. Worüber? Dass ich sie vermissen werde. Dass ich wünschte, es gäbe ein Leben nach dem Tod, wo man sich wiederträfe. Dass ich hoffe, sie haben noch ein glückliches Leben und trauern nicht zu lange um mich.

Und vielleicht ist es die stolze Atmosphäre des hohen Gebäudes oder die friedvolle Synchronie der vielen Menschen darin, aber diesmal ist es wirklich und ehrlich mein innerster und reiner Wunsch ohne Selbstmitleid und Eigennutz: Ich möchte nicht, dass sie lange um mich trauern.

Architektin

Wie wir ins Gespräch kommen? Die beste lokale Apfelsorte empfahl sie mir, als ich unentschlossen am Obststand zögere.

Wo? Am Carouge-Markt in Genf, unser letzter Wohnsitz, Egon arbeitet im CERN.

Sie ist „auch" Architektin. Aber aktiv. Sie arbeitet schon immer. Sechs Monate nach der Geburt ihres Sohnes sei sie wieder eingestiegen. Ihre Projekte: Neubauten in der Altstadt, die sich in das Bild der alten Bauten einfügen. Neben diesen bestehen.

Auffallen, ohne aufzufallen.

Ich kann nicht anders, als sie bewundern. Ein bisschen Neid ist dabei. Aber nicht so viel, dass er unsere kurze Freundschaft verhindert. Wir treffen uns regelmäßig im „La Bastide", einem gemütlichen kleinen Café ganz in der Nähe des Hôpitaux universitaires de Genève. Eine unscheinbare Straße, beinahe Gasse. Weder Seeblick noch ein großer offener Platz, kein Grün oder Sehenswürdigkeiten in der nahen Umgebung locken hier zum Verweilen. Die Kathedrale Saint-Pierre ist hinter ein paar Gebäuden versteckt. Dafür bestechen bester Kaffee und einfache, gutbürgerliche Kuchen und Gebäck. Tarte au Chocolat, Madeleines und Tarte Tatin, der mich ein wenig an den Gedeckten Apfelkuchen meiner Oma erinnert. Sicher hier viel feiner, aber so ist es halt mit der Retromanie der Kindheitserinnerungen.

Die Preise sind für Schweizer Verhältnisse auch akzeptabel.

Es bewahrheitet sich wieder einmal: Zweitrangige Location wirkt sich positiv auf die Qualität eines Restaurants aus.

Sorry, ich habe noch gar nicht erzählt, wie meine neue Freundin heißt: Andrine. Französisch ausgesprochen. Das „e" spricht man nicht.

Andrine hat einen serotonergen Einfluss auf mich. Ihr erfrischender Humor, die Immer-Sonnenschein-Laune, das gurrende Lachen. Zumindest für eine Zeit färbt etwas davon auf mich ab. Wir reden über alles und nichts.

Was ich von ihr lerne? Natürlich interessante architektonische Besonderheiten der Schweizer Historie und Gegenwart, von Botta über Le Corbusier bis zu Zumthor. Plötzlich finde ich Architekturhistorie interessant, zumindest die neuere. Wenn sie sie einem vor Augen führt.

Noch mehr interessieren mich natürlich ihre eigenen Bauten, die wir manchmal gemeinsam bei einem langen Spaziergang von der Vieille Ville über das Champel bis hin zum Carouge-Viertel besichtigen.

Was mich aber am meisten beeindruckt: Sie ist der Beweis, dass es Menschen gibt, die trotz chronischer Schmerzen immer gute Laune besitzen und verbreiten. Die sich nicht von ihrem Schmerz bestimmen lassen.

Andrine hat Migräne. Seit ihrer Kindheit. Ähnlich meiner Mastopathie periodisch abhängig von der Monatsblutung. Sie muss sich dann, wenn sie Pech hat, es nicht rechtzeitig aufflammen merkt und mit Tabletten gegensteuert, erbrechen und für ein bis zwei Tage in ein dunkles Zimmer abliegen. Sie hofft auf die baldige Menopause. Dass es dann vielleicht endet. Bekannte Geschichte. Frauen halt und ihre Leiden ...

Sie ist es auch, die mir gut wirksame, gut verträgliche Mittel für meine Kopfschmerzen empfiehlt. Neben dem Rat, doch mal wieder zur Kontrolle ins Hôpitaux universitaires de Genève zu gehen.

Die letzte Runde Bestrahlung liegt nun fast zwei Monate zurück. Die nächste Kontrolle ist in weiteren zwei Monaten geplant.

Bis dahin bringen mich keine zehn Pferde freiwillig in die Nähe.

Warum

Am Sonntagmorgen im Januar während des Chemotherapie-Marathons höre ich wie gewöhnlich im Badezimmer den bayerischen Nachrichtenradiosender. Sie bringen zum Holocaust-Gedenktag Beiträge einiger der noch wenigen überlebenden, über 100-jährigen Zeitzeugen aus den Folterkammern der Konzentrationslager.

Im Spiegel blickt mir müde ein abgemagertes Gesicht mit eingefallenen Wangen, dunklen Augenringen und einem viel zu groß wirkenden kahlen Schädel entgegen.

Weine ich über die Unmenschlichkeit der Menschheit, die so unvorstellbare Grausamkeiten an ihrer eigenen Art verübt und zulässt?

Oder weine ich in Wahrheit einfach nur über mich und mein Schicksal? Oder bin ich nicht eher wütend?

Warum? Warum? Warum? Warum ich? Warum gerade ich?

Ein Mensch ist halt am Ende doch ein Egoist, und ich bin ein typisches Exemplar. Das liegt wohl an der Natur des Überlebensdrangs.

Aber dennoch frage ich mich nicht nur „Warum gerade ich?", sondern auch: „Welches Tier tötet ein anderes ohne eigene Überlebensnot?" Noch dazu mit einer Fließband-Effizienz, die aus der Industriellen Revolution stammt …

Würde ich noch an irgendeine Gottesmacht glauben, hätte ich spätestens jetzt meine Zweifel …

Angst

Er kann irgendwo in meinem Körper im Verborgenen schlummern und nur darauf warten, dass mein Immunsystem nachlässig wird. Der Krebs. Dann wird er erwachen und wieder wachsen. Meine Chancen werden dann noch schlechter. Die sogenannte 5-Jahres-Überlebensrate. Wenn Metastasen auftreten.

Alle sechs Monate muss ich in den verhassten Toaster – so nenne ich innerlich das Gebäude der Klinik Großhadern, weil es von Weitem so aussieht wie ein Toaster. Ein großer rechteckiger Kasten mit so einem komischen Aufsatz auf dem Flachdach, wie die hochklappbaren Gitter bei einem Toaster, auf denen man das Brot warmhalten kann.

Dort im „Großen Hadern" suchen sie dann nach Metastasen in meinem Körper. Dann muss ich wieder in die Dunkelkammer, vor den Röntgenapparat, Computertomogramm, in die Klaustrophobie erzeugende Kernspinröhre, zum Ultraschall. Stundenlanges Prozedere.

Ich gewöhne mir mit der Zeit ab, selbst mit auf den Bildschirm zu schauen, neugierig ängstlich, ob da was Verdächtiges zu sehen ist.

Es macht meine Angst nur noch schlimmer, weil ich dort auf diesem Schwarz-Weiß-Gewusel überall Knoten, Herde, Metastasen sehe.

Die Ärzte beruhigen: „Das ist nur ein Lymphknoten."

Einmal lachend: „Nein, das ist Ihre Milz."

Lacht der mich etwa aus? Auch noch?

Auf meine Frage, ob die vielen Röntgenstrahlen nicht noch zusätzlich krebsauslösend sein könnten, wissen sie dann aber selbst keine gute Antwort.

„Nutzen – Risiko – Abwägung", nennen sie es. Und: „minimale Dosen".

„Sie fliegen ja auch mit dem Flugzeug in den Urlaub, oder?"

Haha!

Ich bin mir nicht sicher, ob ich mich im Falle eines Rückfalls noch einmal durch die Folter der Chemotherapie quälen kann.

Lesen II

Zwei Dinge haben unsere vielen verschiedenen Zuhause gemeinsam. In jedem gibt es eine möglichst große Fensterfront, um in die Welt hinausblicken zu können, sowie ein massives Bücherregal, das in jeder Wohnung eine ganze Wand des Wohn-/Esszimmers einnimmt, um in die Welten, die einem Bücher eröffnen, einblicken zu können. Trotz der Größe des Regals ein ständiges Überquellen, ein Über- und Hintereinander-Gestapel, ein Drunter und Drüber, in welchem ich in regelmäßigen Abständen in einer Mußestunde vergeblich versuche, Ordnung zu schaffen.

Irgendwann besorge ich ein zusätzliches kleineres Regal, in das ich immer die neuen Bücher stelle, die noch gelesen werden wollen.

Leider werden die auch immer mehr.

Egon kann froh sein, er hat keine Frau, die Handtaschen, Schuhe oder Kleider sammelt.

Dafür sammle ich Bücher.

Sobald ich, sei es in einer Zeitung, Sendung oder von Freunden von einer Geschichte höre, die mich interessiert, muss ich sie haben. Oder zumindest lesen.

Falls es am jeweiligen Wohnort eine Bibliothek gibt, habe ich dort so schnell wie möglich ein Abonnement.

Falls die in der öffentlichen Bibliothek das Buch nicht haben, und auch nicht organisieren können, lasse ich dennoch nicht locker. Dann muss ich es kaufen, entweder in persona im Büchergeschäft oder online.

Das ist dann das gezielte Vorgehen.

Das andere übliche Prozedere ist, dass es mich regelmäßig, sei es in der aktuellen Heimatstadt oder auf Reisen, und sowieso immer, wenn ich in einer neuen Stadt bin, magisch in alle Buchläden zieht, die ich sehe. Das war schon als Kind so. Keine Spielzeugläden und Puppen. Kaum großes Interesse an modernen Klamotten, und auch das nur während einer kurzen Teenager-Phase. Aber Bücher.

Zum Glück trage ich immer einen Rucksack bei mir auf dem Rücken, ich bin nicht so der Handtaschen-Typ.

Leider geschieht es mir dann manchmal, wie es anderen beim Kleider-Shopping passiert: Zu Hause bleibt das ein oder andere Teil doch ungeliebt liegen, weil man sich im ersten Blick getäuscht hat.

Ilka

Außer Thomas wohnte in unserer Nachbarschaft später auch noch Ilka. Sie war meine beste Freundin und besuchte mit mir die ersten Schulklassen. Wir spielten zusammen Verstecken im benachbarten Maisfeld. Wir liebten die langen, hohen Labyrinth-Gänge des Maisfeldes. Der Bauer muss uns verflucht haben, weil wir dabei manchmal kleine bis mittelgroße Maishalme umknickten. In flagranti erwischt hat er uns zu unserem Glück nie. Manchmal nahmen wir ein altes Wollknäuel mit, ließen den Faden wie eine Spur hinter uns auf dem schweren Ackerboden liegen, bis das Wollknäuel fertig war. Einmal war das die Spur für die andere, ein andermal gingen wir zusammen und taten so, als müssten wir auf diese Weise unsere Spur sichern. Herausgefunden hätten wir auch ohne, so groß waren die Felder damals nicht. Im Frühsommer stibitzten wir die ganz jungen, kleinen dünnen Maiskolben von den Stangen und verspeisten sie an Ort und Stelle noch im Maisfeld. Selbst die langen Haare oben, der Bart, schmeckten süßlich.

Abends gab es immer Schelte, weil die Schuhe so voller Dreck waren …

Ilka war ein Schlüsselkind. Ihre Mutter musste wie meine den ganzen Tag arbeiten gehen. Ilka hatte aber keinen Papa. Und sie hatte keine Oma nebenan, bei der sie tagsüber nach der Schule bleiben konnte und bekocht wurde. Manchmal rannte ich schnell wie der Blitz nach dem Gemüseeintopf oder den Pfannkuchen bei Oma zu ihr in das Mehrfamilienhaus rüber und klingelte Sturm, sodass ich noch sehen konnte, was es bei ihr gab. Ihr Standardgericht waren rohe rote Bohnen aus der Dose oder rohe, ungekochte Ravioli aus der Dose, beides immer direkt aus der Dose gelöffelt und beides jeweils mit viel Ketchup.

Ilka besaß zwei Wellensittiche, einer blau und einer grün, und freien Zugang zum Make-up ihrer Mutter, wenn sie allein zu Hause war. Somit war sie bereits in der dritten Klasse eins der ersten Mädchen, das Nagellack trug. Jeden Nachmittag steckte sie ihre Finger durch das Vogelkäfiggitter zu den beiden Wellensittichen. Die beiden nagten dann mit ihren spitzen Schnäbeln den Lack von ihrem Nagel, sodass ihre Hände immer ganz hässlich ungepflegt aussahen mit der halb abgeblätterten Farbe.

„Werden die nicht krank, wenn die den Lack essen?", fragte ich einmal.

Sie wurden auf jeden Fall sehr alt. Für Wellensittiche. Behauptet Ilka.

Omama I

Ilka und ich gingen auch fast täglich Rollschuhfahren. Die Rollschuhe früher hatten noch vier Räder. Meine waren ein sehr altes, billiges Modell, welches man mit Lederriemen wie Sandalen über die Schuhe schnallte. Die Räder blockierten oft, sogar auch ohne über ein Steinchen zu fahren. Ilka hatte zur Kommunion ein modernes Paar geschenkt bekommen. Die vier Rollen waren bei ihr fix an einem hohen Stoffschuh befestigt, ähnlich wie ein Sportschuh. Die liefen viel besser und sahen vor allem viel cooler aus. Der einzige Nachteil war, dass man sie im Notfall bei Bedarf nicht abschnallen und zu Fuß weiterlaufen konnte.

In unserer Siedlung gingen die Straßen teilweise recht bergauf und bergab. Manchmal lagen Steinchen am Boden. Stürze somit vorprogrammiert.

Jeden Abend, wenn ich heimkam, fragte Mama drohend: „Du bist hoffentlich nicht hingefallen und hast ein Loch in deiner Jeanshose!"

„Nein, Mama. Schau, die Hose ist heil. Du musst keinen Flicken aufs Knie nähen."

Ich war mindestens so erleichtert wie sie. Es gab fast nichts Beschämenderes, als mit Biene-Maja-Flicken oder ähnlichen anderen Motiv-Flicken auf dem Knie in die Schule zu müssen. Weißlich durchgewetzt sahen die Kniestellen sowieso immer aus an meinen Hosen.

Ich hatte, glaube ich, in meiner Kindheit in jeder Größenperiode immer gerade zwei Hosen: eine für Wochentage und eine für sonntags in die Kirche.

Im Herbst und Winter musste ich immer eine kratzige Wollstumpfhose darunter anziehen. Noch schlimmer war so ein geringelter, noch kratzigerer Rollkragenwollpullover. Ich bekomme heute noch Ausschlag, wenn ich nur an ihn denke.

Beim Ausziehen abends nach einem Rollschuhnachmittag flog meine Lüge dann meistens auf. Die kratzige wollene Strumpfhose unter der Jeans war leider sehr viel weniger robust als die Jeanshose darüber.

„Du bist also doch aufs Knie gefallen! Und noch dazu hast du mich angelogen!", schimpft Mama vorwurfsvoll, als sie das klaffende Loch in der Strumpfhose über meinem abwechslungsweise mal rechten und mal linken blutigen Knie entdeckt.

Dumm. Denn nun sieht jeder im Frühling, wenn ich meinen schönen Schottenrock in die Kirche anziehen darf, die dick mit Sockenwolle gestopften Stellen am Knie in der Strumpfhose.

Ilka und ich spielten auch gern und oft auf dem Spielplatz in unserem Viertel. Es gab eine Schaukel, eine Rutsche, ein Holzhäuschen, auf dessen Dach wir kletterten, und einen Sandkasten, in den wir vom Holzhausdach sprangen.

Sand in der Unterhose am Abend war auch so ein Grund für Knatsch zu Hause.

Einmal schaukelte ich vergnügt hoch hinaus, sodass es im Bauch kribbelte, während Ilka waghalsig unter meinen Beinen von links nach rechts huschte, immer gerade noch so knapp, dass ich sie nicht anstieß. Da kamen die „großen Mädels" von der Clique angelaufen. Die Anführerin stellte sich breitbeinig direkt vor mir auf, mit vor der Brust verschränkten Armen und bösem Blick.

„Runter!", befahl sie.

„Aber ich war zuerst drauf", widersprach ich zaghaft.

„Runter, oder ich knall dir eine."

Ich hatte mittlerweile aufgehört zu schaukeln, um sie nicht aus Versehen zu stoßen. Sie kommt immer näher. Ich bekomme Angst. Leider bin ich nicht schnell genug von der Schaukel weg.

„Patsch!", mein linkes Ohr brennt heiß.

Ilka ist schon weit voraus, ich renne ihr heulend nach, bis wir zu Hause ankommen. Es ist schon später Nachmittag und dämmert, sodass Mama schon daheim ist und mich an der Haustür des vierstöckigen Mehrfamilienhauses empfängt.

„Was ist denn mit dir los? Warum heulst du? Und warum ist dein Ohr so rot?"

Es dauert eine Weile, bis sie von Ilka und mir das gerade erlebte Spektakel unter Tränen meinerseits und Empörung auf Ilkas Seite so weit erklärt bekommt, dass sie das Ausmaß der Ungeheuerlichkeit erkennt.

„Das ist ja unglaublich! Na, der werde ich aber die Leviten lesen!", spricht's und marschiert prompt los Richtung Spielplatz, ohne sich eine Jacke überzuziehen, obwohl schon recht fröstelig. Ilka und ich aufgeregt hinterher. Sie wirkt nur erwartungsvoll gespannt, ich bin aber etwas ängstlich und um Mama besorgt: „Mama, lass doch!"

Sie lässt aber nicht. Ich kenne sie kaum wieder.

Hinter der Hecke, die den Spielplatz umgab, versteckt, beobachten Ilka und ich die Szene.

Mama baut sich entschlossen und tapfer vor der Anführerin auf, die von der Schaukel aufsteht und Mama nicht nur um einen ganzen Kopf überragt, sondern auch sicher fast doppelt so schwer ist. Was sie genau reden, verstehen wir nicht.

Auf jeden Fall demonstriert die Anführerin dieses Mal nicht einmal das kleinste Signal einer körperlichen Drohgebärde. Sie wirkt im Gegenteil eher verunsichert und kleinlaut.

Mama kommt zurück. Wir gehen nach Hause. Ilka löchert sie unterwegs neugierig:

„Was haben Sie ihr gesagt?"

„Dass ich das nächste Mal die Polizei rufe, wenn ich erfahre, dass sie einem von euch auch nur das kleinste Haar krümmt."

Ich glaube, nie war ich so stolz auf meine Mama wie an diesem Tag.

Weitsicht

Lesen fällt mir plötzlich schwer. Bis auf die ständigen leichten Kopfschmerzen geht es mir gut. Keine Müdigkeit. Ich schlafe wieder besser.

Trotzdem verschwimmen mir die Buchstaben vor den Augen. Nach der vorzeitigen Menopause nun auch schon Altersweitsichtigkeit?

Ich vereinbare einen Termin beim Augenarzt. Brille mit Glatze, das wird ein Anblick ...

Der Augenarzt spricht Klartext: „Ihr Augenhintergrund zeigt vor allem am linken Auge Stauungszeichen. Mit Ihrer Vorgeschichte empfehle ich dringend eine Kontrolle bei Ihrem Onkologen und eine Bildgebung des zentralen Nervensystems." Er wird den Bericht sofort weiterleiten. Ich soll mich aber selbst noch heute in Großhadern melden, um keine Zeit zu verlieren.

Keine Zeit verlieren.

Erst nach dem Verlassen der Praxis wird mir die Situation klar. Meine Zeit ist abgelaufen.

Egon ist es, den ich von zu Hause aus anrufe. Er kommt sofort. Noch von unterwegs kontaktiert er meine Onkologen in Großhadern. Der letzte verfügbare Magnetresonanz-Termin ist noch für denselben Abend vereinbart.

Was ich in meiner Betäubung nicht mitbekomme: Egon packt alles für mich, Zahnbürste, Schlafanzug, für den Fall, dass ich stationär bleiben muss.

Die bekannte enge weiße Röhre des Kernspinapparates mit dem tosenden Pulsieren.

„Nein, ich habe kein Metall an mir", meine automatisierte Antwort, ohne dass ich wirklich aus meiner Trance erwache.

Die Besprechung der Bilder noch in der Nacht. Egon ist dabei. Ich nicht, geistig.

Einmal tauche ich kurz an die Oberfläche und kriege mit: „Neueste, beste Technik. Die Ionenstrahlen, eigentlich keine Strahlen, sondern radioaktive Partikel, können pfeilgenau individuell an einem berechneten Zielort ihre Radioaktivität platzieren und somit maximale Wirkung auf den Tumor erzielen, ohne die Umgebung zu schädigen."

Egon versteht die Physik. Welle-Teilchen-Dualismus. Ich klammere mich an, vertraue, hoffe auf ihn.

Gefesselt

Mein Kopf wird mit mehreren Gurten an der Liege auf einer Lagerungshilfe fixiert. Damit ich ganz sicher nicht die kleinste Bewegung mache. Damit die Berechnung der Einstrahlwinkel und Tiefeneindringung nicht umsonst gemacht wurde. Damit die Radioaktivität genau an der Position hinter meinem linken Ohr nach einer Strecke von etwa sieben Zentimeter in der Tiefe meines Gehirns freigesetzt wird. Damit mein restliches Gehirn der radioaktiven Strahlung kaum ausgesetzt und geschädigt wird.

Krieg ohne Kollateralschäden ...

Da ich kein Kind bin und auch sonst als zurechnungsfähig eingestuft werde, muss ich nicht noch zusätzlich sediert werden.

Dauer einer Bestrahlungssitzung, die sie „Fraktion" nennen: wenige Minuten.

Geplant sind 30 Fraktionen, je nachdem ...

Ich frage nicht, nach was.

An vier Tagen der Woche muss ich dafür ambulant kommen. Dauer insgesamt acht Wochen.

Dann wird erneut ein Magnet-Resonanz-Tomogramm gemacht, um zu sehen, wie der Tumor auf den Krieg reagiert.

Eine Schlacht nach der anderen ...

Lüge I

Eines schönen Tages erfahre ich, dass Florence über mich in der Schule Lügen erzählt. Innsbruck im ersten Jahr.

Sie hat eine Freundin am Nachmittag zu uns nach Hause eingeladen. Die Mutter bleibt noch auf einen Kaffee.

„In welchem Architekturbüro arbeiten Sie denn?"

Zu überrascht, um prompt und schlagfertig zu reagieren, stammele ich herum:

„Ich, äh, also ehrlich gesagt …"

„Florence ist ja so stolz auf Sie. Meine Kim ist ganz neidisch, weil ich nur Hausfrau bin."

„Ja, also, im Moment arbeite ich privat. Von zu Hause aus. In München war ich bei …"

So ziehe ich mich und vor allem Florence einigermaßen aus der Affäre.

Abends stelle ich sie zur Rede: „Wieso erzählst du, dass ich als Architektin arbeite?"

„Aber du bist doch eine! Und wann gehst du wieder in ein Büro? Kim und Jil sagen, man darf nicht zu lange draußen bleiben aus dem Beruf, vor allem als Frau …"

Über diese ernsthaften Sorgen und reifen Überlegungen einer Elfjährigen verblüfft, bin ich entwaffnet. Böse sein über ihre bewusst-unbewusste Tatsachenverdrehung vor ihren Freundinnen kann ich ihr irgendwie nicht mehr.

Dennoch warne ich Florence: „Bleib immer bei der Wahrheit, alles andere bringt dich am Ende in Schwierigkeiten!"

Wie um die Notlüge am Ende abzumildern, beginne ich noch am nächsten Tag, während Florence in der Schule und Egon an der Uni ist, mich an den Tisch zu setzen mit Millimeterpapier, Bleistift, Zirkel und Geodreieck und versuche mich an einigen Entwürfen.

Alles, was ich zeichne, sieht in meinen Augen am nächsten Tag lächerlich aus.

Exit I

Egon bemüht sich dieses Wochenende auffällig. Ich warte.
Endlich beim Abendessen Sonntagabend rückt er mit der Wahrheit heraus.

„Ich muss etwas Wichtiges mit dir besprechen. Ich habe einen Ruf ans CERN bekommen. Ich weiß, das ist gerade jetzt ganz ungünstig, wo dein ganzes Behandlungsteam, die Bestrahlung hier … Leider ist es zum Pendeln von München nach Genf viel zu weit. Andererseits kann ich dir nicht schon wieder einen Umzug zumuten …"

„Vielleicht bieten sie in Genf ja sogar eine bessere Ionenstrahltherapie, mit dem Teilchenbeschleuniger nebendran …" Ich scherze nicht.

Ich schaue Egon an und sehe in seinem Gesicht, dass er sich auch schon ähnliche Gedanken gemacht haben muss.

„Ich muss dir auch was gestehen. Ich habe mich schon seit einer Weile über Sterbehilfen erkundigt. Ich komme mit. Wenn wir in der Schweiz wohnen, kann ich mich bei EXIT anmelden."

„Sterbehilfe … aber wie kommst du jetzt da drauf?"

Ich habe es mir lange und gut überlegt. Mein Krebs ist heimtückisch. Auch wenn bis jetzt unter der Ionenbestrahlung das Wachstum der Hirnmetastase gestoppt zu sein scheint, kann ich jeden Tag plötzlich vor die Tatsache gestellt werden, dass er wieder wächst oder neue Metastasen zu sehen sind.

Was ich aber auf gar keinen Fall möchte, ist, von Maschinen abhängig so lange dahinzuvegetieren, bis meine Familie darum betet, dass es endlich ein Ende nimmt.

Darum mein Entschluss: Sobald die Aussichten auf ein einigermaßen menschenwürdiges, eigenständiges Leben gegen null gehen, möchte ich sagen können: „So, jetzt ist Schluss. Jetzt erspare ich mir und meinen Lieben weiteres Leid."

Ich habe diese Entscheidung bisher noch kaum mit Egon oder Florence besprochen, aber jetzt ist der richtige Zeitpunkt.

Egon wirkt verstört, es sei doch jetzt alles unter Kontrolle. Er glaubt an die Teilchenphysik.

Florence versteht: „Man muss in der Schweiz einen Wohnsitz haben und mindestens drei Jahre Mitglied sein, um letztendlich Hilfe von EXIT in Anspruch nehmen zu können."

Somit ist der Ruf nach CERN ein Geschenk des Himmels.

Der Wohnsitz in der Schweiz erlaubt mir endlich die Anmeldung bei EXIT.

Gesagt, getan.

Ich fühle: Es wird allerhöchste Zeit.

Wir nehmen diesmal nur das Nötigste mit beim Umzug. Die Bücher. Das alte Fotoalbum. Egons Forschungsunterlagen sind alle digitalisiert.

Florence bleibt in München. Sie hat ihre erste Stelle im Krankenhaus Schwabhausen angetreten.

Tränen beim Abschied.

Umzüge

Umzüge haben für mich irgendwie etwas Befreiendes. Ja klar, sie bedeuten immer auch schmerzlichen Abschied nehmen von lieb gewonnenen Freunden, von bekannten Gebäuden und Wegen mit den alten vertrauten Bäumen und wie sie zu jeder Tageszeit ihre Schatten werfen, von der Straße zur Wohnung, die man wie seine Hosentasche kennt ...

Es bedeutet oft Mut, sich auf einen neuen, fremden Ort, auf neue, unbekannte Menschen und Wege einzulassen. Ein neues Ziel oft.

Ein großer Vorteil ist in meinen Augen: Ein Umzug bietet die einzigartige Chance, endlich wieder einmal auszumisten. Alten Ballast, all die vielen, über die Jahre angesammelten Dinge, die schon ewig hinter der Schranktür warten, endlich mal wieder in die Hand zu nehmen. So hatten die es sich wahrscheinlich nicht vorgestellt, dass sie dann gleich wieder von der Hand in den Müllcontainer wandern ...

Dinge sind wie Freunde: Was lange nicht gebraucht wird, verliert Bedeutung, Existenzberechtigung in unserem Leben. So denke ich zumindest.

Opa

Lieblingsopa habe ich normalgewichtig in Erinnerung. Auch auf alten Bildern sieht er nicht übergewichtig aus. Er muss wohl den Diabetes gehabt haben, der nicht im Alter entsteht. Die Krankheit sei bald nach dem Krieg, mit Anfang 30 festgestellt worden. Und er musste auch schon immer Insulin spritzen. Diät und Kohlenhydrate zählen allein nützte nicht.

Ich durfte zusehen, wie er sich tapfer mit einer Lanzette in den Finger sticht, ohne automatischen Auslöser. Was für eine Überwindung das mehr kostet, nicht nur einen Knopf zu drücken, sondern wirklich mit eigener Kraft vorwärts in die Haut stechen zu müssen!

Den dunklen Blutstropfen auf den Teststreifen. Die Maschine damals groß wie ein Taschenrechner. 200. Zu hoch. 58. Schnell ein Glas Apfelsaft. Traubenzucker hat er auch immer dabei. In seinem Set. Ein dunkelblaues Ledermäppchen mit Reißverschluss. Wie mein erstes Schulstifte-Etui. Nur war das bunt, rosa glaube ich, mit Schmetterlingen drauf. In dem Set befand sich auch mindestens eine, wenn nicht zwei kleine Ampullen, Glasfläschchen in der Größe von Homöopathie-Globuli-Fläschchen. Aber nicht dunkles Glas, sondern durchsichtig. Durchsichtig wie die klare Flüssigkeit darin. Damit man sehen konnte, ob noch genug Insulin in der Ampulle war.

Nur sehen konnte Opa schon bald nicht mehr. Die dicke schwarze Hornbrille hatte er, seit ich denken kann. Nach dem Krieg irgendwann. Oder schon vorher, als Soldat? Leider gibt es da kaum Fotos. Nur von meiner Oma, der dicken, damals als junge Frau gar nicht dick, in ihrem Fliegerkostüm. Bodenpersonal sei sie gewesen, beim Flugfunkdienst, weil sie Russisch konnte. Aber jetzt schweife ich ab.

Zurück zu Opa: Bald kam zu der Brille eine große Lupe, die er zum Lesen auf die Seite in der Zeitung setzte. Es sah lustig aus, ich liebte es durchzuschauen. Hätte die Lupe am liebsten mit in den Garten genommen, um Käfer und Läuse zu betrachten. Das wagte ich aber nicht. Glaube ich. Zumindest kann ich mich nicht erinnern, sie jemals mit aus dem Haus genommen zu haben. Zu kostbar und schmerzhaft der Verlust, sollte sie mir zerbrechen.

Woran ich mich erinnere: „Sonja, kannst du mal schauen, was steht da für eine Zahl?"

Einfache Aufgabe, wenn er den kleinen Bildschirm auf dem Blutzucker-Testgerät meinte. Wie bei einem Taschenrechner. Einfach die Zahl ablesen. 150. Sehr gut.

Schwierig, wenn er die dünne, 10 Zentimeter lange Insulinspritze meinte. Er konnte die Zahlen neben den Strichen, schon gar nicht die kleinen Teilstriche zwischen den Zehnereinheiten erkennen. Konnte beim Insulinaufziehen nicht sehen, bei welcher Zahl der dünne graue Aufziehkolben im Inneren der Spritze endet. Ich – damals in der Primarschule – musste mich konzentrieren, um die Zahl richtig abzulesen. 50 und noch vier Striche in diese Richtung – 54. Oder 60 und zwei Striche weniger in die andere Richtung, zu der gefürchteten Nadel hin – 58 Einheiten.

Dann öffnet er sein Hemd, macht eine Hautfalte in sein kleines Bäuchlein mit den vielen blauen Flecken, und ich muss weggucken. Es tut mir weh.

Ich glaube, wir hatten ein Riesenglück, dass ich ihn nicht aus Versehen einmal umgebracht habe.

Wettbewerb II

Treue Seele wie ich bin, meldete ich mich trotz Umzug nie ab bei der Bayerischen Architektenkammer. Jährlich zahlte ich brav meinen Mitgliedsbeitrag, auch als wir längst in Österreich und den USA lebten.

Was ich mir davon versprach? Keine Ahnung.

Keine Brücken abreißen? Den Kontakt nicht ganz verlieren? Eine Hintertür unversperrt lassen?

Die Folge war, dass ich monatlich per Newsletter über die aktuellen Neuigkeiten der Architekteninnung informiert wurde.

So kam es, dass ich eines Tages in Santa Fe beim Durchforsten meiner E-Mails an einer Ausschreibung hängen blieb. Mit den Jahren hatte ich die Nachrichten der Architektenkammer mit abflauendem Interesse nur noch überflogen und schnell gelöscht.

An diesem Tag blieb ich jedoch neugierig an einer Ausschreibung hängen.

„Wettbewerb für junge Architekten". Na ja, jung bin ich ja eigentlich nicht mehr. Bezüglich meiner geringen Berufserfahrung jedoch aber schon noch irgendwie.

„Der Wettbewerb beinhaltet die Planung, den Entwurf und konkrete Baukonzeption für ein ökonomisches und umweltfreundliches Einfamilienhaus. Voraussetzung für die Teilnahme ist die Mitgliedschaft der Bayerischen Architektenkammer sowie der Abschluss der mindestens zweijährigen Berufspraxis. Einsendefrist für Wettbewerbsbeiträge ist der …"

Meine Neugier war entflammt.

Der Gedanke lässt mich nicht mehr los.

Meine Freizeit füllt sich mit Zeichnen. Ideen beim Laufen, in der Nacht …

Lüge II

Was ich jetzt beichte, fällt mir unendlich schwer. Ich möchte am liebsten mich selbst anlügen und behaupten, es habe nie stattgefunden. Ich hätte es nie getan.

Egon betrogen. Belogen.

Es geschah in Santa Fe im zweiten Jahr. Wahrscheinlich die glücklichste, sorgenloseste Zeit meines Lebens.

Warum ich es dann nötig hatte? Keine Ahnung.

Hatte ich nicht. Nötig.

Mein Ego hätte eigentlich auf dem Gipfel sein sollen. War es auch. Mit 40 Jahren einen Marathon geschafft. Ich, Sonja. Die mit dem Klebstoff an den Füßen. Der Trampel. Mit den riesigen wackelnden Titten.

Mit 40 war ich endlich im Reinen mit mir, meinem Körper, man lernt, sich zu arrangieren. Die Mastopathie-Beschwerden hatte ich gelernt zu ignorieren. Vor allem war ich zufrieden und glücklich mit meiner Ehe, Familie, unserem Leben.

Mein Beruf? Meine Achillesferse. Dieses Thema versuchte ich auch zu ignorieren. Unter den Teppich zu kehren.

Redete mir ein, die sportliche und kulturelle Ablenkung sei erfüllend genug. Lebensinhalt.

Bestätigung?

Egon sehr viel abwesend. Auch wenn zu Hause. Physik, die altbekannte Rivalin.

Was keine Entschuldigung sein soll und nicht ist.

Komischerweise ist gerade in dieser Zeit unser Sex der beste. Wir konzentrieren uns ganz bewusst an Wochenenden und in Ferien wieder aufeinander. Wie in unserer Jugend, vor Florence, vor dem Elternsein.

Ich weiß nicht, ob es mehreren Frauen so geht, aber mir schenkten das Älterwerden, die Reife eine gewisse Gelassenheit, die es einem erlaubt, sich und seine Hemmungen bei der

Liebe fallen zu lassen, zu geben und zu nehmen. Laut aussprechen und handeln trauen, welche Bedürfnisse und wie. Vielleicht liegt es auch nur daran, dass der Mann im Alter nicht mehr so im Sturm und Drang wie mit 20 ...

Rückblickend ist es mir ein unlösbares Rätsel, warum ich also gerade in dieser Zeit diesen Fehler, diese Verletzung, diesen Bündnisbruch eingehe.

José war Verkäufer in einer Smoothie- und Quinoa-Bowl-Bar.

Bald ging ich nicht mehr nur wegen der Smoothies hin. Sein Lächeln, sein Lachen, sein Spanisch, seine Jugend, die dunklen Augen, die er über die Theke tief in mir versenkte. Warum er es auf mich anlegte, keine Ahnung. Er tat es. Offensichtlich. Und ich genoss diese Aufmerksamkeit, Bestätigung.

Flirt allein wäre nicht das Problem.

Es endete mit dem Kuss.

Unerträglich. Der Geschmack der fremden Zunge in meinem Mund. Erst honigsüß und kribbelnd im Bauch wie eine Schiffschaukel. Dann plötzlich ekelerregend bittersüß, wie Lakritze, mein Magen dreht sich um.

Ich stoße ihn von mir. Atme schwer.

„Lo siento, no puedo ..."

Ich renne aus der Bar de Batidos und besuche sie nie wieder. Überhaupt kann ich Smoothies nicht mehr ausstehen.

Wann ich Egon davon erzähle? Ganz am Ende.

Als es endgültig Zeit wird, Sünden zu bereuen.

Lesen III

Ich leide unter einer Sucht. Mein ganzes Leben schon.
Zum Glück macht diese nicht krank.
Meine Sucht beinhaltet Bücher. Autoren. Sie beginnt in der Kindheit. Wenn mir eine Geschichte ans Herz geht, brauche ich mehr von diesem Erzähler. Alles, was ich kriegen kann. So habe ich zum Beispiel alle Bücher von Astrid Lindgren.
    Im Gymnasium entdecke ich meine Liebe zu Max Frisch. „Homo faber". „Mein Name sei Gantenbein". Genial. Ich musste wirklich ALLE haben. Mein Taschengeld ging flöten.
    Tränen, als er stirbt. Nie mehr ein neues Buch von ihm.
    Ich habe wahrscheinlich die meisten Bücher, die es gibt, wenn nicht alle, von Paul Coelho, Benedict Wells, Hermann Hesse ... nur um ein paar aufzuzählen, die mir so spontan in den Sinn kommen.
    Ich bin dabei überhaupt nicht wählerisch, welches Genre. Ich lese Mankells Krimis genauso wie zum Beispiel sein „Das Auge des Leoparden".
    Hauptsache, die Geschichte spricht zu mir.
    Seit der Zeit in den USA hat sich meine Sucht auf Englischsprachiges ausgedehnt. Ich würde nie einen Kent Haruf oder Ray Bradbury in der deutschen Übersetzung lesen.

In der Internationalen Schule in Albuquerque hing ein Zitat, angeblich von Nelson Mandela: „Wenn du mit einem Menschen in einer Sprache sprichst, die er versteht, sprichst du mit seinem Verstand. Wenn du in seiner Sprache sprichst, geht es in sein Herz."
    Freunde zurücklassen beim Umzug: schmerzhaft.
    Bücher zurücklassen: unmöglich!

Rückblick III

Meine Freundin am Gymnasium war die Tochter des evangelischen Pfarrers. Sie hatte alles, was ich nicht hatte: vier Schwestern, eine dicke Katze und ein Klavier. Immer, wenn ich zu ihr nach Hause komme, setze ich mich zuallererst an das Piano, in der Hoffnung, dass sie mir etwas beibringt. Wozu sie aber nie Lust hat. Ihre Eltern erpressen sie. Wenn sie mit dem Klavierunterricht aufhört, bekommt sie kein Taschengeld mehr.

Sie ist es, die mit mir als Hobbit und Elfe durch die Wälder und Wiesen streift.

Sie ist es auch, die wochenlang nicht mehr mit mir spricht, wenn ich in der Lateinprüfung eine bessere Note bekomme.

Ihr Vater allein mit den fünf Töchtern und mir, als die Mutter unterwegs ist, schlachtet für uns alle eine Jumbotafel Milka Nuss.

„Hunger ist der beste Koch", sein Lieblingsspruch.

Ihr Standardspruch: „Das Einzige, was an mir dünn ist, sind die Haare."

Mit 16 Jahren verliebe ich mich in meinen Deutschlehrer.

In meine Idee von ihm.

In meinen Tag- und Nachtträumen verschmilzt sein Antlitz mit meiner Vorstellung von Aljoscha aus Anna Karenina, mit dem des geblendeten Fairfax Rochester aus Jane Eyre und dem in meiner Fantasie kantigen Gesicht Walter Fabers. Ich erwache, als ich realisiere, dass ich hier ja eigentlich meinen eigenen Vater liebe.

Langsam verblasst der Traum.

Omama II

Streit gab es daheim in meiner Kindheit immer um ein Thema: Rauchen.
    Mein Papa strikter Antiraucher. Mama schickt mich immer zum Zigarettenautomaten um die Ecke, wenn er nicht da ist. Sie raucht nur auf dem Balkon, nie in der Wohnung.
    Dennoch riecht er es. Und schimpft.
    Ich hasse es, wenn sie streiten. Angst steigt auf. Angst, dass etwas Kostbares zerbricht. Angst, dass wir nicht mehr zu dritt sind. Getrennt. Allein.
    Im Innersten stimme ich Papa zu. Bin auf seiner Seite. Finde, dass er recht hat.
    Aber das getraue ich mich nie laut zu sagen. Es wäre Verrat. An meiner Loyalität.
    Er weiß, dass ich ihr heimlicher Einkaufsbote bin. Irgendwie Verrat an ihm.
    Ich bin in der Zwickmühle. Verzweifelt.
    Eines Tages plötzlich beschließt Mama: „Ich höre auf."
    Einfach so. Und sie zieht es durch.
    Ich bin stolz auf sie.

Ersatz

Der Chirurg will mich über die möglichen Ersatzplastiken aufklären. Silikon kommt überhaupt nicht infrage. Irgendwo habe ich das Gerücht gehört, das Material könnte krebserregend sein. Nicht, dass ich nicht schon Krebs hätte. Trotzdem. Nein.
    Eine Eigenmuskeltransplantation will ich auch nicht. Sinnloser Aufwand. Am Ende nur Narben und Schmerzen woanders im Körper.
    Also flach. Vollkommen. Egon sei es angeblich auch egal. Er liebe mich so und so.
    Die Stationsleitung schickt mich dann aber wenigstens doch noch nach überstandener Operation zum Prothesentechniker in Großhadern. Dort haben sie eine ganze Reihe verschieden großer BH-Prothesen auf der Stange hängen.
    Erst weigere ich mich, eine anzuprobieren. Kaufe dann ein Modell, falls ich wirklich mal ein Kleid tragen sollte, das ganz blöd aussieht, so ganz oben ohne ...
    Herausgeschmissenes Geld.

TikTok

Genf. Stadt der Uhrmacher. Es heißt, die zischend glitzernde Fontäne vor der Promenade im Genfer See habe im Mittelalter zur Druckentlastung der Wasserleitungen im Uhrmacherviertel gedient. Nicht der Ästhetik. Aus wohl genau diesem Grund haben einige Städte am Zürichsee dies später dann nachgemacht, Zürich, Zug, Meilen, Richterswil ...

Die Schweiz ist ein sehr idyllisches Land. Die Kleinheit ist ein Vorteil: so viele schöne Berge und Seen so nah beieinander.

In Genf sprechen die Leute hauptsächlich Französisch. En retour aux racines – back to the roots, denke ich.

Für den täglichen Gebrauch, auf der Straße, mit den freundlichen Nachbarn und im Laden reicht mir mein Französisch.

Am Hôpitaux universitaires de Genève stoße ich damit an meine Grenzen.

Ich verstehe hier noch weniger als bisher, was die Ärzte mir sagen.

Auf jeden Fall verstehe ich: Es geht weiter mit der speziellen Ionenbestrahlung meiner Hirnmetastase.

Schweiz

Das Erste, was auffällt: die enge Bebauung. Die Häuser in einem Ort sind nah aneinander. Die Orte sind nah aneinander. Selbst Bayern kommt einem im Vergleich dünn besiedelt vor, ganz zu schweigen die Erinnerung an die langen Autofahrten in den USA, bis man wieder auf Zeichen der Zivilisation stößt.

Der Vorteil: der öffentliche Verkehr. Nicht nur überall hin, auch noch pünktlich.

Das kommt mir sehr entgegen, vor allem als ich später wegen meiner epileptischen Anfallsneigung meinen Führerschein abgeben muss.

Das zweite, was auffällt: das gebündelte Altpapier. Es wird hier in diesem sauberen Land nicht nur endlich einmal konsequent Mülltrennung praktiziert. Die Altpapierbündel am Straßenrand sind hier sogar schöner und sorgfältiger verschnürt, als ich jemals ein Weihnachtsgeschenk einpackte. Ich schäme mich vor den Nachbarn, als ich unsere herausstelle. Sicher merkt jeder, der unsere unordentlichen Bündel vor der Tür liegen sieht: hier wohnen keine Schweizer, sondern Ausländer.

Das dritte: die Tunnel. Nicht nur die Menge und Länge. Nirgendwo scheinen sie so hell, sauber und sicher.

Durch den Gotthard-Tunnel ins Tessin. Auf der einen Seite im Nebelregen hinein, auf der anderen Seite in den strahlenden Sonnenschein hinaus.

Italien der Schweiz. Die Sprache, das Essen, die ganze Lebensart. Wir genießen die Ruhe und Idylle am Luganer See.

Am Ufer des Luganer Sees Eis schleckend und die Füße im milden Wasser baumelnd erinnere ich mich an unseren Urlaub in Como vor Jahren. Damals liehen wir zusammen mit Florence Stand-up-Paddles aus, mit denen wir bequem und mit bester Sicht am Ufer entlangpaddeln und die romantischen italienischen Villen mit Oleander und Bootshaus bewundern konnten. Hier müsste man in Rente gehen. Beschlossen wir schon damals.

Ich fand die Idee besonders praktisch: „Wenn wir dann zu alt werden, um die Kaffeemaschine noch selbstständig zu bedienen, binden wir uns einen schweren Stein an die Füße und springen in den See."

Florence kontert: „Ich helfe euch dann."

„Den Stein festmachen?", lache ich.

„Nein, die Kaffeemaschine bedienen", schüttelt sie den Kopf.

Petra

Zum Team der gynäkologischen Onkologie in München-Großhadern gehört heutzutage selbstverständlich eine psychologische Betreuung.

Mein erster und letzter Termin bei Petra, die mir sofort ihr „Du" offeriert, wird mir recht bald nach der Diagnose aufgezwungen.

Ich will nicht.

Es sei zwingender, routinemäßiger Bestandteil der Behandlung für jede Brustkrebs-Patientin, egal ob sie es nötig habe oder nicht. Zumindest ein Kennenlernen.

Wenigstens muss ich mich nicht wie erwartet auf eine Couch legen.

Ich weiß aber auch nicht, wohin mit meinen Blicken, als ich ihr gegenübersitze.

Petras Blick ruht aufmerksam forschend auf mir.

Sie spricht nicht viel. Ihre einzige Frage „Was fühlst du?" kommt mir erst unangebracht vor.

Lange Zeit reden wir kaum. Sie ist besser im Schweigen als ich.

Ich merke bald, dass nicht sie es ist, deren Frage ich ausweiche. Sie urteilt nicht.

Am Ende der Stunde habe ich zumindest begriffen, dass ich selbst es bin, der gegenüber ich keine Gefühle, Ängste, Frust oder Wut eingestehe.

Nicht, dass ich ihr das damals in ihrem „Raum", wie sie selber ihren Arbeitsplatz nennt, zugebe. Sie bietet mir zum Abschied ihren „Raum" für weiteres Zusammensitzen an.

Ihr Handdruck ist erfreulich fest und forsch.

Zwei Wochen später wähle ich die Telefonnummer, die sie mir mitgegeben hat.

„Ich würde mich gern noch einmal treffen. Aber nicht in dem Raum, wenn das möglich ist. Ginge auch außerhalb des Toasters?"

Sie lacht erfrischend und ansteckend, als ich ihr erkläre, dass Großhadern für mich wie ein Toaster aussieht.

Wir treffen uns am folgenden Freitag am Ufer der Isar.

Gehen dort entlang. Nebeneinander. Eine ganze Weile schweigend.

Bis es plötzlich aus mir heraussprudelt.

Wie wütend ich bin.

Wie verständnislos.

Wie beleidigt.

Wie verstört.

Wie verletzt.

Wie verunsichert.

Wie verängstigt.

Wie verzweifelt.

Wie sehr voller Todesangst.

Mein lauter Schrei in den Himmel am Ende meines langen Monologs scheint sie nicht im Geringsten zu verwundern und noch weniger zu beschämen. Einige Passanten drehen sich nach uns um.

Komischer Gedanke an der Isar: Das einzelne Wassermolekül fließt davon und verschwindet, der Fluss aber bleibt.

Wettbewerb III

Zurück in München nimmt mein Projekt sparsames, umweltfreundliches Einfamilienhaus immer konkretere Züge an. Die Planungszeichnung ist komplett.

Der Grundriss ist ein Oktaeder. Holzhaus. Nach Osten, Süden bis Westen die Fassade fast komplette Glasfront. Das bienenwabenförmige Kuppeldach sowie die automatisch bei heller Sonneneinstrahlung herunterfahrbaren Fensterstoren sind vollständig mit Solarpanels bedeckt. Im Nordteil der Eingang, die Zufahrt zur Tiefgarage sowie im Inneren der Technikraum mit Wärmepumpe und Solarstromspeicher.

Die Küche bildet das Zentrum, ist offen zum Ess- und Wohnzimmer mit einem Inselarbeitstisch und beheizbaren Geschirrtuchhängestangen, denn ich hasse nichts mehr als ständig nasse Geschirrtücher. Im Osten liegen die zwei Schlafzimmer. Dazwischen das Bad mit Abwasserwärmerückgewinnung aus dem Duschabfluss. Im Südwesten der Ess- und Wohnraum mit dazwischen einer beidseitig offen zugänglichen Bücherregal-Trennwand. Überall das gleiche Holzparkett mit Fußbodenheizung, an den Decken und Wänden integrierte LED-Lichter, alles schlicht und funktionell.

Ich kontaktiere Holz-, Solarzell-, Sanitär-, Fenster- und andere Lieferanten, lasse mir Angebote auch von Handwerkern für die Arbeitsaufwände machen. Erstelle eine genaue Material-, Tätigkeits- und Preisliste. Komischerweise macht mir jetzt auch dieser Teil, den ich im Studium vernachlässigte, irgendwie richtig Spaß.

Von außen erinnert mich mein Haus an eine am Boden liegende Brust oder an einen Hobbit-Höhlenhügel im Auenland.

Am Ende versende ich das Paket fristgerecht an die Wettbewerbsjury der Bayerischen Architektenkammer.

Weder Egon noch Florence wissen von meinem „Baby".
Ich bin stolz wie Steve Jobs auf sein iPhone.
Mein Stil imitiert sein „Design ist, wie es funktioniert".

Hirngewitter

Wieder in Genf nach unserem verlängerten Ticino-Wochenende ist wie immer nach Urlauben viel zu tun. Auspacken und Wäsche machen, Einkaufen am nächsten Tag, um den leeren Kühlschrank wieder zu füllen. Egon muss wieder ins CERN.

Für den Rückweg ziehe ich die Tram dem Zu-Fuß-Gehen vor, vollbepackt mit Taschen voller Milch, Äpfel, Brot, Käse und vielem mehr. Ich stehe immer gern, auch in der nur halbvollen Tram, die zwei Taschen zwischen den Beinen eingeklemmt und den schweren Rucksack mit der Milch auf dem Rücken.

Aus dem Tramfenster auf die Rue des Moulins und die Rhône blickend bemerke ich erst ein feines Zittern am rechten Augenlid. Denke, es ist die Müdigkeit.

Es wird stärker. Das Zittern wird zum Zucken. Schnell. Nun auch der Mund.

Komisch, auf einmal umgibt mich der Geruch von Stachelbeeren.

Wie auf einen Schlag bricht plötzlich ein tosendes Gewitter laut über mich herein. Ich weiß nicht, ob ich es bin, der laut aufschreit oder ob ich jemanden Fremdes um mich herum höre.

Alles schwarz.

Aufwachen wie aus einer Narkose. Wie lange war ich weg?

Gesichter über mir. Aufgeregte Fahrgäste um mich herum. Ich liege am Boden. Die Tram steht. Aus der Ferne die Sirenen der Ambulanz.

Der Rücken nass. Die Milch.

Blut. Ich schmecke Blut.

Ein kalter Luftzug, als die Tramtür sich öffnet.

Zwei Sanitäter machen sich Platz durch die Menge der Neugierigen und Besorgten. Knien nieder zu mir. Einer öffnet seinen Notfallkoffer.

Der andere: „Vous avez épilepsie?"

Epileptischer Anfall.
Nein. Hatte ich noch nie. Auch keinen Diabetes. Keine Notfallmedikamente.
Der eine zieht eine Spritze auf. Setzt aber erst mal wieder den Deckel auf die Nadel.
Der andere leuchtet in meine Augen.
„J'ai le cancer. D'abord de seins. Depuis neuf mois une metastase dans le cerveau." Ich bin Brustkrebspatientin und habe seit neun Monaten eine Hirnmetastase.
Das Sprechen fällt mir schwer. Meine Zunge ist zu groß und schmerzt. Zungenbiss während des Krampfanfalls.
„Vous avez eu une crise d'épilepsie, nous vous emmenons à l'hôpital."
Spital. Notfall. Computertomogramm. EEG. Stationär.

Am nächsten Tag Visite. Sie sind nicht sicher, ob das Ausmaß der Tumormasse im Notfall-Computertomogramm identisch ist mit dem Vorbefund nach der letzten Ionenbestrahlung vor drei Monaten.
Die Hirnmetastase sei auf jeden Fall der Grund für meinen Krampfanfall.
Ich bekomme Antiepileptika.
Am dritten Tag exakte Bildgebung mittels Magnetresonanz-Tomografie.
Das bekannte laute Pulsieren und die Enge in der Magnetresonanzröhre.
Resultat: Die Hirnmetastase ist weiter gewachsen. Und es gibt einen neuen, zweiten Herd. Trotz gezielter Ionenbestrahlung.
Ich versuche, den Ärzten klarzumachen: Ich habe eine Patientenverfügung.
„Je ne veux pas de réanimation, pas de respiration artificielle!"
Die Ärzte reagieren unverständig. Nur der Pfleger riskiert ein leises Nicken.
Ich bitte Egon: „Kontaktiere Exit."
Tik Tok.

Hallenbad

An einem dunklen Winterabend besuchen Florence und ich in München das Müller'sche Volksbad. Sie möchte für ihren Triathlon trainieren. Ich wieder zu etwas Fitness kommen.

Ich habe mir extra in der Kinderabteilung die größtmögliche Nummer Badeanzug gekauft. Damit es nicht so komisch aussieht mit der flachen Brust in einem Frauenbadeanzug, dessen Stoff dann an zwei Stellen so leere Falten wirft.

Früher in meiner Jugend sagte man „BMW – Brett mit Warzen". Damals wurde ich nie so genannt. Jetzt trifft es.

Im Hallenbad riecht es nach Chlor und Schweiß. Fasziniert blicke ich die altmodischen Jugendstil-Fenster und Wandornamente empor. Ich habe eine Gänsehaut, die Luft und das Wasser im Schwimmbecken sind doch kälter, als ich gehofft habe.

Die meisten Bahnen sind von sportlichen Schwimmern belegt. Mit Nasenklemmen und Schwimmbrillen ziehen sie mit entschlossenem Blick beim kurzen Auftauchen zum Luftholen hin und her. Ohne Pause. Elegante Wenderolle am Beckenrand.

Eine breitere Bahn ganz rechts am Rand ist voll von Kindern und älteren Damen mit dicken rosa Blumen-Badekappen. Eine andere Welt: langsam, gemütlich, sich unterhaltend einerseits. Wild durcheinander, laut lachend, unvorhersehbare Überraschungen, wenn eines der Kinder – obwohl verboten – kreischend vom Beckenrand ins kalte Nass springt.

Ich schaffe ein paar Bahnen. Dann schlucke ich Wasser, das mir bei den Nasenlöchern wieder herausquillt.

Florence schwimmt schnell. Ich sehe ihr eine Weile zu, schlotternd in mein großes Handtuch eingewickelt. Mutterstolz.

Die Blicke der Menschen um mich stören mich nicht mehr. Klar, dass sie schauen. Eine Frau Ende der 40er ohne Brüste. Als Jugendliche hasste ich Schwimmen und Badeanzüge.

Vielleicht stören mich die Blicke nicht mehr, weil sich heute ganz sicher keine Verbindung zu sexuell motivierter Neugier dahinter versteckt.

Nach dem Duschen stehen Florence und ich vor dem langen Spiegel mit den Föhnen und trocknen unsere Haare. Florence hat dichte, dicke und lange braune.

Meine Post-Chemo-nachgewachsenen freuen mich. Kurz, grau und ganz störrig. Wie Schamhaare.

Ich schäme mich nicht. Die neue Frisur steht mir. Und ist praktisch – trocknet schnell nach dem Sport.

Schlafes Bruder III

Eines Nachts merke ich, dass Egon auch wach ist. Er wälzt sich von Seite zu Seite, sein gewohntes leises Schnarchen ist nicht zu hören.

Manchmal schläft er schlecht, wenn er viele Probleme bei der Arbeit hat.

„Kannst du wegen mir nicht schlafen, oder hast du Ärger in der Abteilung?"

Ich meine eigentlich, ob meine eigene nächtliche Unruhe ihn stört.

„Ich muss immer wieder nachdenken, wie wir diesen Kampf am besten gewinnen."

Wortlos rutsche ich zu ihm herüber und nehme ihn in die Arme. Seine Sorge um mich macht mir ein schlechtes Gewissen irgendwie.

Egon weicht in der Regel negativen Emotionen aus.

Ich finde es schwierig, über gewisse Probleme, die mich belasten, mit ihm zu diskutieren. Andere Probleme als „Wir haben keine Milch mehr". Eher so was wie „Florence scheint Liebeskummer zu haben".

Meist ist er gerade dann in seine Lektüre vertieft, muss eine dringende E-Mail erledigen, oder er arbeitet gerade an einer wichtigen theoretischen Idee oder Berechnung. Bei Letzterem darf ich ihn wirklich nicht stören.

Egon sagt: Solche Probleme kann er nicht lösen. Es gäbe zu viele unbekannte Variablen und keine bewiesene Formel, mit der man sie berechnen könnte.

Schrödingers Katze. Das Ergebnis ändert sich, je nachdem ob man in die schwarze Box schaut. Die ausgezupften Blütenblätter fallen zu Boden. Verliebt – nicht verliebt – verliebt – nicht …

Wer konnte als Kind voraussagen, wie es enden würde?

Jetzt in dieser Nacht ohne Schlaf kann er nicht entkommen.

„Wenn ich einmal nicht mehr da sein sollte, solltest du dir eine neue Partnerin suchen. Allein alt werden ist nicht gut. Außerdem kannst du überhaupt nicht kochen".

Er nimmt mich nun auch ganz fest in seine warmen, kräftigen Arme, ich fühle mich wie immer sicher und beschützt.

Leider empfinde ich es emotional verbal so ungeschickt wie immer, als er flüstert: „Ich würde nicht wirklich suchen, aber wenn mir zufällig eine über den Weg läuft ... Mach dir um mich keine Sorgen. Ich würde mir wahrscheinlich eine Katze anschaffen. Und überhaupt: Wir schaffen das."

Ich drehe mich im Dunkeln weg und weine leise.

Egal, was er geantwortet hätte ...

Ertrinken

Am Horizont des türkisblauen Wasserspiegels sehe ich das entfernte Ufer. Palmen, weißer Sand, Sonnenschirme, die Villa am Strand meiner Träume. Ich höre meine Lieben in der Ferne lachen, meine, ihre Umrisse schemenhaft zu erkennen.

Etwas Kaltes, Glitschiges berührt meine Beine. Schon als Kind hatte ich immer ein Grauen vor der Berührung von Wasserpflanzen im See, wenn sie meine Beine streiften. Jetzt wird das Grauen real, etwas umschlingt und packt meine Beine. Je mehr ich mit ihnen strampele und versuche, sie aus der Umschlingung zu befreien, umso enger und fester wird der Griff.

Gerade noch ist mein Kopf bis zum Nasenrand über Wasser. Doch ein unwiderstehlicher Sog und Zug, unüberwindbar, nach unten in die Tiefe, wird immer stärker. Verzweifelt versuche ich, mich mit den Armen nach oben zu kämpfen, an der Wasseroberfläche zu halten. Meine Beine versuchen vergeblich, dem Würgegriff zu entkommen. Keine Chance. Ich spüre, wie sich der eiskalte Griff erbarmungslose nun auch um meinen Bauch legt. Ich tauche unter. Kämpfe mit aller Kraft. Ganz kurz schaffe ich es noch einmal, die Nase knapp über Wasser zu bringen, ein hungriger Atemzug. Kein Schrei möglich. Angst, Wasser zu schlucken. Luft anhalten. Ich tauche unter.

Der Todesgriff umfasst meine Schultern. Ich versuche in Todesangst und Horror, die Schlingarme abzuschütteln. Die Anstrengung beschleunigt meine Atemnot. Die Brust wird eng. Der Drang einzuatmen ist nicht mehr aufzuhalten.

Ich weiß, wenn ich jetzt Mund und Nase öffne, strömt nur Wasser ein. Ich kämpfe gegen den Überlebensdrang. Gegen die Not. Ich gebe auf. Ich schnaufe tief ein.

Kalte Luft strömt zischend und keuchend in meine Atemwege.

Ich wache auf. Geweckt durch mein eigenes lautes, tiefes Einatmen.

Ein Traum.

Bis jetzt.

Exit II

Selbstbestimmend bis ans Lebensende.
Der Werbespruch von EXIT.
Wenigstens am Ende möchte ich selbst bestimmen.
Ganz so einfach ist es dann aber nicht.
Der erste Schritt, die Anmeldung, ist kein Problem. Jahresbeitrag. Ab da sofort Beratung, kostenfrei. Aufsetzen einer Patientenverfügung. Der erfahrene Spezialist von EXIT hilft mir sehr bei all den Möglichkeiten und Details, die es zu beachten gibt.

Nach drei Jahren Mitgliedschaft ist die Freitodbegleitung, wie er es nennt, kostenlos. Aber auch schon vorher möglich. Ich treffe mich mit ihm in Zürich im Niederdörfli. So heißt die Altstadt. Teures Pflaster.

Der neue Kontakt zur Genfer Schwesterorganisation „Association pour le Droit de Mourir dans la Dignité" wird organisiert. Die Dame dort ist es, die meine Begleiterin wird. Eine ehemalige Pflegefachfrau. Komplett konträr zu meiner Diakonissen-Schwester damals als Kind. Ich nenne sie Daniela.

Wir treffen uns auch im „La Bastide". Schon komisch, bei Kaffee und Kuchen über den eigenen Tod und noch dazu die Freitodhilfe zu diskutieren.

Meinen EXIT-Mitgliederausweis muss ich immer bei mir tragen. Online kann auch Egon Zugang zu meiner Patientenverfügung beantragen. Er ist meine Vertrauens- und Vertretungsperson. Sollte ich zum Beispiel unter starker Morphiumeinwirkung nicht mehr selbst meinen Willen äußern können. Seine Unterstützung wie immer sicher, wenn es hart auf hart kommt, mein Fels in der Brandung.

Daniela weist mich pflichtbewusst auch auf Alternativen zum Freitod hin. Palliative Schmerzmedikation bis zum natürlichen Ende zum Beispiel.

Das Rezept für das Natrium-Pentobarbital wird von einem unabhängigen Arzt ausgestellt. Diesen treffe ich auch einmal in seiner Praxis in Genf. Ich stelle Daniela die Vollmachtserklärung aus, dass sie das Rezept für mich in der Apotheke einlösen darf.

Sie wird dann gemeinsam mit Egon bei mir sein. Das Schlafmittel in Wasser auflösen. Trinken muss ich dann selbst.

Das Verrückte: Egon muss nach meinem Tod die Polizei benachrichtigen. Ein Amtsarzt muss dann prüfen, ob alles nach den gesetzlichen Vorschriften lief.

Ernte

Der Brief kommt an einem Dienstag im Winter nach Genf. Vor lauter Hirnmetastase, Umzug und so weiter hatte ich den Wettbewerb fast vergessen.

Schneide mir in den Finger am Umschlagspapier. Mit Daumen und leichtem Eisengeschmack vom Blut im Mund lese ich, was unter dem Briefkopf der Bayerischen Architektenkammer steht, und vergesse vor Unglauben fast zu atmen.

„Herzlichen Glückwunsch zu Ihrer Teilnahme und dem ersten Preis unseres Wettbewerbs ‚Umweltfreundliches, energiesparendes Einfamilienhaus' ...

... und werden, sobald wir Ihr Einverständnis erhalten haben, Ihr Projekt an eine interessierte Münchner Bauleitung zur Realisation Ihrer Idee weiterleiten. Zusätzlich zu Ihrem Preisgeld von 10.000 Euro erhalten Sie die üblichen zehn Prozent der Bausumme als Gage vom Käufer ..."

Endlich. Erster Preis. Ende.

Stachelbeeren im Winter

Im Winter im verschneiten Klinikgarten des Hôpitaux universitaires de Genève zwischen zwei Untersuchungsterminen frische Luft, eiskalte, schnappend bilde ich mir den Geruch von Stachelbeeren ein. Erinnerung an den Garten der Oma. Als Kind hatte ich Stachelbeeren gehasst.

Opa nannte mich „ein heikles Mädel". Sein Rasierapparat surrt, und er schmunzelt dabei, der Duft von Eau de Tabac.

„Die müssen sich erst rasieren, bevor ich sie esse", erwidere ich angeblich, so erzählen es mir beide Jahre später, Oma und Opa.

Komischerweise habe ich plötzlich die Augen voll Tränen über den Tod des Opas, obwohl der schon vor Jahren gestorben war. Komischerweise plötzlich ein so tiefes Verlustgefühl in der Magengrube, ein Ziehen, Stechen und Drücken von Verlustangst, einen überlebensnotwendigen Hunger auf Stachelbeeren, als wäre es das Einzige, was mein Körper in diesem Leben noch zu essen bereit sei.

Es gibt eine Geschichte von Katja Dederichs mit dem Titel „Stachelbeeren im Winter". Zwei Menschen lernen sich per Zufall kennen, nur weil einer der beiden sich aus Versehen am Telefon verwählt hat. Ich habe sie nie gelesen. Ich finde das Buch in keinem der Buchläden, weder in Genf noch online.

Genauso wenig wie ich Stachelbeeren finden kann jetzt im Winter, in keinem Supermarkt, nicht auf dem Carouge-Markt und bei keinem Bauern der Umgebung. Egon kann um diese Jahreszeit auch keine auf dem Viktualienmarkt ergattern. Er geht extra für mich während eines Physikertreffens in München auf die Suche. Erfolglos.

Neuseeland

„Neuseeland? Das ist doch Irrsinn! Der Flug von Genf nach Auckland braucht sogar zwei Zwischenstopps und dauert mehr als einen ganzen Tag – und das in deiner gesundheitlichen Verfassung!"

Ich bleibe stur. Unter den Antiepileptika bin ich anfallsfrei. Die letzten Zyklen der Ionenbestrahlung scheint das Wachstum der Metastasen erst einmal gebremst zu haben.

Sie nennen die Radiotherapie jetzt „palliativ".

Egon macht von Anfang an klar, dass er mich im Moment nicht begleiten kann, seine Arbeit im CERN im Moment nicht verlassen kann.

Ich will ihn auch gar nicht dabeihaben auf meiner Reise. Der vielleicht letzten.

Neuseeland. Neues Land sehen. Dort ist jetzt Sommer, und es gibt Stachelbeeren.

Die Kiwi ist die Chinesische Stachelbeere.

Damals schwanger mit Florence wurde mir im Kinofilm „Herr der Ringe" schlecht wegen der Kameraführung, die die Kinoleinwand wild um die Berggipfel Neuseelands drehen ließ.

Florence hielt einmal in Albuquerque in der Schule einen Vortrag über den Papagei Kakapo, einen Vogel, der nicht fliegen kann. Ich höre ihre piepsige kindliche Stimme, als wäre es heute: „Der Kakapo hatte bis vor einigen Jahren in Neuseeland wenig natürliche Fressfeinde am Boden, sodass er das Fliegen nicht mehr zum Überleben benötigte …"

Ich muss unbedingt eine Stachelbeere essen.

Geständnis

Nach Neuseeland geht alles sehr schnell. Ich mobilisiere meine letzten Reserven und organisiere, solange ich noch kann. Bevor der Krebs meine Gedanken frisst.

Ich übergebe Andrine die Pläne meines Wettbewerbs-Babys und die Informationen der Bauagentur in München, die bereits mögliche Grundstücke und interessierte Käufer für mein busenhobbithöhlenförmiges Solarhaus hat. Mein Honorar soll an eine Krebsstiftung gehen.

Florence vererbe ich alle meine Bücher, die sie haben will, den Rest kann sie an Flüchtlingsheime oder Hospizen spenden.

EXIT-Termin ist Freitag, der 15. März.

Am Abend davor schwül gewittrig. Egon und ich sitzen auf dem Balkon und blicken auf den Lac Leman. In der Ferne Donnergrollen.

Der erste Blitzeinschlag kommt von mir.

„In Santa Fe habe ich einen anderen geküsst."

Egon blickt mich lange an und sagt nichts.

Ich halte sein Schweigen aus.

Wir umarmen uns.

Unsere heißen Tränen vermischen sich auf unserer Haut, bevor sich der Regen mit dem Seewasser vereint.

Zum zweiten und letzten Mal frage ich mich, wie oft habe ich Egon weinen sehen?

Ausblick

Fast hätte ich aufgegeben. Wenn Florence nicht dabei wäre, hätte ich es nicht geschafft. Sie trägt den schweren Rucksack, vollgepackt auch mit meiner Last, in mehr als der wörtlichen Bedeutung. Vor sich hin singend, mir erzählend und hin und wieder auf mich wartend marschiert sie vor mir her. Mein Körper signalisiert seit Langem, dass er nicht mehr kann. Der Schlussspurt vor dem Gipfel erweist sich dann aber doch als erstaunlich machbar.

Atemberaubend der Ausblick. Der Wanaka-See tiefblau unter uns. Schneebedeckte Gipfel in der Ferne, soweit das Auge reicht. Die Sonne wärmt den verschwitzten Körper in der windigen Kühle der Höhe. Florence öffnet den Rucksack. Dank ihrer mütterlichen Fürsorge sind Stachelbeeren und Kiwis in der Dose unversehrt. Sogar an die Notfall-Diazepam hat sie gedacht. Falls ich krampfen sollte.

Florence hält mir die Früchte unter die Nase und schiebt sich selbst eine Stachelbeere in den Mund. Ich schließe kurz die Augen, atme ein und bin wieder Kind im Garten, schwere- und sorgenlos.

Florence urteilt schluckend: „Also ich finde sie overrated. Dein Schwärmen und der ganze Aufwand für so eine kratzigsaure altmodische Frucht. Kiwis sind mir lieber."

Spricht's und beißt in eine – wie sie es immer macht mitsamt der Schale.

„Sogar deren Pelz ist besser", urteilt sie wieder.

Schöne, mutige neue Welt.

„Ich mochte sie auch noch nie, angeblich hätte ich als Kind mal meinem Opa geantwortet, die müssen sich erst rasieren, bevor ich sie esse", schnaufe ich noch immer etwas außer Atem.

„Und trotzdem wolltest du sie unbedingt, fliegst sogar extra um die Erde dafür." Florence zieht ein „typisch Mama"-Gesicht.

Ja trotzdem genieße ich jetzt und hier in der unendlichen Höhe und Weite der wilden Natur die kratzige Säure und auch eine Kiwi mitsamt Schale.

„Aber jetzt musst du auch noch was Gescheites essen, nicht, dass ich dich nachher noch runtertragen muss."

Müde und geruhsam beiße ich in das Käsebrot, dass sie mir reicht.

„Zufrieden?", fragt sie mich durch den Panoramamodus ihrer Handykamera und dreht sich um sich selbst, streift mich zwischen der Weite des Himmels und den unendlichen Berggipfeln.

„Im Moment ja."

Florence legt den Kopf schief wie ein Kakapo und sieht mich an.

„Ich würde gerne noch mein Enkel erleben und zusehen, wie es Stachelbeeren probiert."

Epilog

Sonja stirbt im Alter von 48 Jahren.

Nachdem die Hirnmetastasen trotz Ionenbestrahlung wieder zu wachsen beginnen, versuchen sie eine Antikörpertherapie, die leider keinen Erfolg bringt.

Dank EXIT darf sie ohne große Schmerzen und in Menschenwürde Abschied nehmen.

Egon wird in ein paar Jahren eine neue Freundin finden.

Florence forscht in der Krebstherapie, damit hoffentlich bald für diese Geschichte ein anderes Ende geschrieben werden kann.

Filmrückspulgeräusch

Soll meine Geschichte wirklich SO enden?

Ich stelle mir vor ...
    Mein Name sei Ronja.

Legoplan

Mein jüngster Onkel Christian ist nur fünf Jahre älter als ich und eigentlich mehr mein großer Bruder als mein Onkel. Die meiste Zeit verbringe ich als Kind tagsüber bei meiner Oma, wenn Mama im Hutladen arbeitet.

Wenn das Wetter, um draußen zu spielen, zu schlecht ist, bauen Christian, zu dem ich nie „Onkel" sage, und ich zusammen, oder eigentlich mehr nebeneinander, mit seinen Legosteinen. Sobald er endlich mit den Hausaufgaben fertig ist, was meist recht schnell passiert. Während er am Küchentisch der Oma seine Schularbeiten macht, darf ich im Voraus auf keinen Fall schon mal allein seine Legokiste anrühren. Also spiele ich, dass ich auch schon in die Schule gehe, und bewundere und beneide ihn um seine Schulutensilien. Ich liebe seine karierten Hefte, die geheimnisvollen Buchstaben und Zahlen. Er lacht mich aus wegen meiner Versuche, seine Zeichen und Symbole zu imitieren. Wenn ich meinen Nachtisch mit ihm teile, darf ich sogar sein Geodreieck benutzen. Damit zeichne ich noch lieber, als dass ich immer einen zweiten Buntstift als Linealersatz verwende.

Christian besitzt eine große Holzkiste voller Lego. Damals gab es noch nicht so viele Spezialsteine, es lagen also vor allem normale, rechteckige Legosteine in der Kiste. Zusammen bauen wir um die Wette unsere Häuser. Wettrennen um die wenigen roten, schrägen Dachziegelsteine.

Eines Tages klaubt und klaut Christian mal wieder sofort alle Dachziegelteile für sich aus der Kiste und nimmt sie allein für sich und sein dummes Haus in Anspruch.

Mir platzt der Kragen, und ich versuche, von ihm wenigstens ein paar davon für mein wunderschönes Märchenschloss zu ergattern. Er ist aber größer und stärker als ich, und ich habe keine Chance. Vor Wut greife ich nach dem Zweitwichtigsten in der Kiste, das er nicht unter seiner Macht und Verschluss hält: dem einzigen, schon recht zerfledderten Bauplan für verschiedene Varianten von typisch deutschen Reihenhaussiedlungsgebäuden.

Blind vor Wut über seinen Egoismus und die Ungerechtigkeit zerreiße ich den achtseitigen Plan aus dünnem Papier in tausend kleinste Stückchen. Christian ist zu baff, um rechtzeitig zu reagieren. Und vor allem ist er ja damit beschäftigt, seine Dachziegel vor mir in seinem Schoß zu hüten.

Also bleibt ihm nichts anderes übrig, als mir nach vollendeter Tat gehörig eine zu pfeffern. Als Oma durch das laute Gezeter angestürmt kommt, sieht sie mich nur noch zwischen bunten Papierschnipseln mit roter Backe heulend am Boden sitzen. Ich heule aber nicht vor Schmerz, sondern vor Wut.

Ein paar Tage später sitze ich mit meinen Buntstiften nach dem Mittagessen allein am Küchentisch, während Oma den Abwasch erledigt. Seit Tagen ignoriert Christian mich, sowohl sein Geodreieck als auch seine Legokiste sind für mich tabu. Aus dem Gedächtnis male ich mit den Holzfarben die Baupläne für die Legosiedlungshäuser nach. Haargenau Teil für Teil in Anzahl und Größe. Auf jeder Seite immer ein Haus, welches von oben nach unten in einer Abfolge von vier bis sechs Bildern vom Fundament auf immer größer wächst und genau zeigt, welche Teile als Nächstes wo hingebaut werden müssen.

Opa, der mit seiner Leselupe und der Tageszeitung neben mir sitzt, schaut erstaunt auf, als er das fertige Projekt erkennt.

„Ronja, das hast du aber ganz schön gemacht. Da wird der Christian sich sehr freuen."

Das tat er dann auch. Und ich baue meine Legohäuser in Zukunft ohne rote Dachziegel mit alternativen Methoden zur Bedachung.

Wettbewerb

Zeichnen lerne ich als Kind so früh und gut wie andere laufen und reden. Ich kann einfach alles, was mir vor die Augen kommt, auf Papier bringen, fast wie ein Fotoapparat. Noch viel besser: Ich stelle mir Sachen vor, die ich vielleicht so ähnlich irgendwann einmal gesehen hatte, und perfektioniere sie in meiner Fantasie und Zeichnung. Am liebsten male ich Pferde, Models in schönen Kleidern und Königsschlösser.

In der dritten Klasse findet ein Raiffeisenbank-Malwettbewerb im Dorf statt. Unsere Schule nimmt daran teil. Das Thema: Energie. Erster Preis: Besuch des Zirkus Krone in München.

Den soll dann eine Freundin gewinnen. Ich den zweiten. Ein Sachbuch über Energie, Blitzeinschläge, Windkraft und so weiter.

Der Grund, warum ich nicht den ersten Preis erhalten soll: Die Jury glaubt nicht, dass ich das Bild allein gemalt hätte.

Mein Werk: Ein Holzsägewerk im Wald an einem Fluss mit Wasserrad zum Antrieb der Säge. Alles von schräg oben betrachtet. Die Darstellung für mein Alter schon richtig perspektivisch.

Ich bin außer mir vor Wut. Wie können die es wagen!

Zu allem bereit, außer, diese Schmach auf mir sitzen zu lassen, gehe ich in der großen Pause zu meinem Zeichenlehrer und verlange, dass er die Sache richtigstellt und der Jury mitteilt, dass er genau sehen konnte, wie ich das Bild in seinem Unterricht eigenhändig fertigbrachte.

Ob Herr K. wirklich zur Jury ging? Er behauptet es. Ich bezweifle es. Geändert hat es nichts. An der Preisverleihung.

Aber in mir. Ich schwöre, so etwas lasse ich mir nie wieder gefallen.

Das Buch fand ich im Übrigen viel interessanter als so eine blöde stinkende Zirkusvorstellung.

Selbstverteidigung

Meine beste und einzige Freundin Ilka und ich spielen gern und oft auf dem Spielplatz in unserem Viertel. Es gibt eine Schaukel, eine Rutsche, ein Holzhäuschen, auf dessen Dach wir klettern, und einen Sandkasten, in den wir vom Holzhausdach springen.

Ich liebe es, mit dem feuchtem Sand eine komplette Stadt und Landschaft in den vier mal vier Meter großen Sandkasten zu bauen. Ich grabe Tunnel, häufe Berge auf, konstruiere Brücken, verwende auch Steine und Stöcke.

Sand in der Unterhose am Abend sorgt regelmäßig für Knatsch zu Hause.

Eines Tages schaukele ich vergnügt hoch hinaus, sodass es im Bauch kribbelt, während Ilka waghalsig unter meinen Beinen von links nach rechts huscht, immer gerade noch so knapp, dass ich sie nicht anstoße. Da kommen die „großen Mädels" von der Clique angelaufen.

Als Erstes hatschen sie schlürfend und mit voller Absicht meine Bauwerke mit ihren Trampelfüßen zerstörend durch den Sandkasten. Sie lachen dabei: „Schaut mal, da hat wohl eine Ratte ihre Höhlen angelegt. Die werden wir vertreiben. Ratten sind Ungeziefer."

Nachdem sie den Sandkasten plattgemacht haben, stellt sich die Anführerin breitbeinig direkt vor mir auf, mit vor der Brust verschränkten Armen und bösem Blick.

„Runter!", befiehlt sie.

„Aber ich war zuerst da!", widerspreche ich, habe mittlerweile längst aufgehört zu schaukeln.

„Runter, oder ich knall dir eine."

Ich hatte, während ich die Bande bei ihrer Zerstörungswut im Sandkasten beobachtete, heimlich mein kleines rotes Taschenmesser, das Papa mir zur Kommunion geschenkt hatte, aus der Hosentasche genommen und geöffnet. Die weibsgroße

Anführerin kommt immer näher. Ich bekomme Angst. Im letzten Moment bin ich doch noch schnell genug von der Schaukel weg, bevor sie mir zu nahekommen kann.

Ilka ist schon voraus weggerannt, ich renne ihr nach, bis wir um die Ecke hinter der Hecke, die den Spielplatz umgibt, ankommen.

Dort, hinter der Hecke versteckt, signalisiere ich ihr, zu warten und mit mir die Szene zu beobachten, die sich da vor unseren Augen abspielt.

Triumphierend lässt sich die dicke Anführerin auf der nun freien Schaukel nieder und beginnt vor- und zurückzuschwingen. Sie ist mindestens doppelt so schwer wie ich. Die Bande lacht laut und selbstgefällig. Was sie genau reden, verstehen wir nicht.

Auf einmal ein lautes „Ratsch" und „Platsch". Die Anführerin liegt am Boden. Das Gelächter der großen Mädchen wird für einen Sekundenbruchteil kurz laut. Dieses Mal aber gelten das Lachen und die Schadenfreude nicht mir, sondern für einen kleinen Augenblick, ausgelöst durch den Sturz, der Anführerin. Die liegt erst vollkommen perplex am Boden, dann rappelt sie sich auf und sendet Drohgebärden an das Rudel um sie herum. Sie schreit laut: „Was lacht ihr so blöd? So eine scheißalte Schaukel." Sie blickt sich verunsichert um, ob es außer ihren Anhängerinnen noch andere Zuschauer des Spektakels gibt. Ilka und mich kann sie hinter der hohen dicken Buchsbaumhecke kauernd Gott sei Dank nicht erspähen.

Was sie zu meinem Glück auch nicht zu bemerken scheint: die Einschnitte im Seil auf der rechten Seite kurz über dem hölzernen Schaukelsitz. Kleine Schnitte eines kleinen, aber sehr scharfen roten Taschenmessers. Ich glaube, nie war ich so stolz auf mich wie an diesem Tag.

Schmerz

Fibrozystische Mastopathie. Auf gut Deutsch heißt das: regelmäßig vor der Periode immer für mindestens zwei bis manchmal sogar drei Wochen im Monat einen dicken, heiß geschwollenen Busen, schlimmer als der schlimmste Milchstau. Den hatte ich vor Jahren, nachdem Florence geboren wurde.

Nach einem Kaiserschnitt sei es nicht verwunderlich, dass der Milcheinschuss auf sich warten lasse. Mit diesen Worten versucht mich die Hebamme zu trösten und zum Durchhalten zu motivieren. Ich habe jedoch keine Zeit, zu warten. Die Säuglingsmilch heutzutage sei doch sowieso so perfekt mit allem Notwendigen angereichert, dass sie sicher viel gesünder sein müsse als meine Milch mit den vielen Stresshormonen. Außerdem, wo denken die hin, ich kann doch nicht im Büro ständig meine Bluse öffnen und mit so einer Melkmaschine meine Milch abpumpen. Wahrscheinlich die Flaschen dann auch noch penibel mit Datum beschriftet in unserem großen Gemeinschaftskühlschrank deponieren, bis ich sie am Abend in der Krippe abliefere, als Nahrung für Florence für den nächsten Tag. Nein, da scheint mir Nestlé die bessere Wahl, nicht umsonst habe ich einige Prozente meines erarbeiteten Vermögens in deren Aktien investiert.

Aber zurück zum Milchstau. Wie gesagt entscheide ich mich nach der Geburt, als es mit dem Stillen in den endlosen drei Tagen, die ich nach der Sectio im Krankenhaus bleiben muss, nicht gleich klappen will, für Flaschenmilch. So kann ich wenigstens die vergeudete Zeit im Wochenbett damit nutzen, richtig durch- und auszuschlafen, weil die Stationspflege in der Nacht das Füttern übernehmen kann. Damit es nicht doch noch zu einem Milcheinschuss kommen sollte, gibt mir die Hebamme zweimal zwei Tabletten Dostinex mit, jeweils eine Dosis für die nächsten zwei folgenden Tage nach Entlassung. Damit sollte ich auf Nummer sicher sein.

Denkste. Am dritten Tag, also an Florences sechstem Lebenstag, werde ich von ihr in der Nacht geweckt, weil sie wahrscheinlich Hunger hat. Ich hatte die Fütterungszeiten extra so geplant, dass sie um kurz vor Mitternacht die letzte Flasche erhält, damit dadurch die Wahrscheinlichkeit höher ist, dass sie dann vielleicht bis am Morgen um sechs Uhr durchschläft. Leider schafft sie die letzte Portion vor Mitternacht kaum zur Hälfte, schläft mir immer wieder beim Trinken ein, egal wie sehr ich mich bemühe, sie wach zu halten und zum Austrinken ihrer Portion zu animieren. Im Halbschlaf um vier Uhr morgens verfluche ich mich selbst, da ich nicht vorsorglich, wie von der Hebamme bei Entlassung empfohlen, eine Thermoskanne heißes, abgekochtes Wasser und das Milchpulver in der richtigen Dosis in Fläschchen vorbereitet hatte. Das bedeutet, dass ich richtig wach werden und das nun nachholen muss mitten in der Nacht. Das lästige Prozedere der Milchzubereitung dauert geschlagene acht qualvolle Minuten, in denen Florence bitterlich und immer herzzerreißender weint. Obwohl ich sie, während ich die Milchpulverlöffel abzähle, im linken Arm halte und behutsam rhythmisch auf und ab schaukele, um sie zu beruhigen. Meine ganze Fingerfertigkeit und all mein Feingeschick beansprucht diese Prozedur, um nicht das weiße Pulver auf dem Küchentresen zu verschütten, geschweige denn das heiße Wasser. Ich vergesse in der Hektik fast, die Milchtemperatur wie instruiert am Handinnengelenk mit einem Tropfen auf der Haut zu testen, damit sich Florence nicht den Mund verbrennt.

Endlich mit ihr im großen, leeren Kingsizebett mit Seidenlaken zwischen hochdrapierten Kopfkissen sitzend betrachte ich sie erschöpft und nachdenklich im müden Mondlicht, das durch die Rollladen spioniert. Seltsame Gedanken erwachen in der einsamen Stille und Zweisamkeit, die nur durch das rhythmische laute Schlucken und Atmen von Florence durchbrochen werden. Vielleicht wäre Stillen doch einfacher, praktischer gewesen.

Am nächsten Morgen erwache ich, geweckt durch die neugierigen Sonnenstrahlen, die durch die Ritzen spitzeln.

Ich erschrecke furchtbar und fahre blitzschnell wie von einer Tarantel gestochen auf. Wir sind zusammen in meinem großen Bett eingeschlafen. Florence liegt hier neben mir an meiner Seite fast eingegraben unter meinem Arm, meiner Achsel und der Bettdecke, die ich wie immer bis zu den Ohren hochziehe, anstatt in ihrem eigenen Bettchen.

Oh Gott! Wie ein Blitz schießt mir der Gedanke durch das Hirn. Atmet sie?

Ja, um Himmels willen, so ein riesiges Glück! Ich kann nicht verhindern, dass mir die Tränen hochsteigen, während ich ihre kleine Stupsnase betrachte, deren Nasenflügel sachte beben.

„Sie dürfen mit Ihrem Baby ja nicht gemeinsam in Ihrem Bett schlafen, erstens besteht die Gefahr, dass sie herausfällt und sich verletzt, und zweitens ist das Risiko für den sogenannten ‚plötzlichen Kindstod' massiv erhöht!"

Später am Vormittag bei der Arbeit mitten in der Besprechung über das neue Konzerthaus starrt mich mein Kollege plötzlich verlegen an. Ich schaue an mir runter, sehe die beiden kreisrunden nassen Flecken auf meiner Bluse und spüre wieder diese starken ziehenden Schmerzen, ganz anders als die, die ich von der Mastopathie her kenne.

Noch am selben Abend zu Hause fluche ich höllisch, solche dicken Knoten und Gänsehaut erzeugende Schmerzen hatte ich noch nie in meinen Brüsten. Da ist die Mastopathie ein Dreck dagegen. Die Hebamme am Telefon diagnostiziert einen Milchstau, fragt nach Fieber, und als ich verneine, empfiehlt sie mir gründliches Ausmassieren der Milch unter der warmen Dusche und danach kalte Quarkwickel über Nacht. Am nächsten Tag solle ich mich wieder melden.

Wer hat schon Quark zu Hause?

Beruf

Kurz nach der Geburt erscheine ich zumindest stundenweise im Büro. Ich mache mir selbst vor, dass ich nur vermeiden will, dass die Mäuse auf dem Tisch tanzen, wenn die Katze außer Haus ist.

In Wahrheit muss ich eingestehen, dass meine Angestellten das Konzertprojekt auch ohne meine physische Anwesenheit nach meinen Vorgaben hätten fertigstellen können. Es hätte auch ausgereicht, wenn ich mich ein-, zweimal die Woche telefonisch oder mittels E-Mail über den Fortschritt erkundigt hätte.

Im Grunde ist es jedoch einfach so, dass ich es nicht lange zu Hause allein mit einem Baby aushalte. Ich brauche das Gefühl, die Trainingshosen aus und ein enges Kostüm oder Anzug anzulegen. Make-up aufzutragen. Die langen Haare hochzustecken.

Vor allem verspüre ich einen fast körperlichen Entzug durch die Abwesenheit der Limettenduft-geschwängerten, Ameisenhaufen-ähnlichen Arbeitsatmosphäre. Die Planzeichnungen an der Reißnagelwand, die Modelle aus Finnpappe, die Stapel von Angeboten, Einreichungsformularen und Baubescheiden auf meinem Schreibtisch, die es abzuarbeiten gilt.

Am allerstärksten: das Gefühl, mein eigener Boss, meine Herrin über meine Entscheidungen zu sein.

Nicht umsonst kämpfe ich mich nach wenigen Jahren als angestellte Architektin in einem der renommiertesten Architekturbüros Münchens so weit nach oben, mache meinen Namen so bekannt in München und Umgebung bei Stadt, Baugenossenschaften und reichen Kunden, dass ich mit gerade mal 30 Jahren den Schritt in die Eigenständigkeit wage.

Was mir dabei in die Quere kommen will?

Kollegen, die versuchen, meine Leistungen unter den Deckmantel der Teamarbeit zu kehren.

Einer der beiden Chefs, der, enttäuscht von meinem Ausweichen vor seinen abtörnenden Avancen, herabfallende Urteile über mich wagt. Bis ich ihm meinerseits drohe, seine anzüglichen SMS-Nachrichten öffentlich zu machen, falls er weiterhin unprofessionell agieren sollte.

Mein größtes Opfer jedoch: Egon.

Und später Florence. Das merke ich jedoch erst viel später.

Egon fällt mir auf der Studentenparty während des Studiums auf. Er studiert Physik an der Ludwig-Maximilian-Universität. Wir sehen uns nach der Party erst länger nicht mehr. Eines Tages besucht er mich an der Technischen Universität München, und wir verbringen die Mittagspause gemeinsam im Englischen Garten. Ein Frühlingstag. Die haushohen Kastanien blühen rosa und weiß unter dem blau-weißen Himmel. Wir spazieren und reden und reden, bemerken nicht das Gezwitscher der Spatzen und das Gurren der Stadttauben, vergessen alle Menschen um uns herum, sogar den Hunger, bis mein Magen am Ende laut knurrt und wir auf einmal merken, dass es so spät ist, dass wir ohne Essen wieder in unsere Vorlesungen müssen. Wir verabreden uns für den nächsten Tag. Und für den übernächsten. Und das Wochenende.

Zum Glück lernt er auch so viel und gern wie ich. Unsere gemeinsame glückliche Zeit vergeht mit Lernen und Liebemachen.

Als ich zu arbeiten beginne, wird meine Zeit knapp.

„Es wird leider wieder nach neun, ich gehe zu mir heim, ich bin hundemüde."

Mein Standardspruch.

Als ich auch am Wochenende zu Hause das Reißbrett nicht von morgens um sieben bis abends um acht aus den Händen lege, stellt er die gefürchtete Frage:

„Was ist dir eigentlich wichtiger, dein Beruf oder ich?"

Die Antwort – unausgesprochen – wissen wir beide.

Mutterschaft

Das Erste, was ich merke: dass mir Kaffee nicht mehr schmeckt. Noch bevor ich es richtig Morgenübelkeit nennen kann. Als der Teststreifen das sogenannte Positiv anzeigt, entlockt dies mir erst einmal ein lautes „SCHEISSE!". Ich versuche, meinen wachsenden Bauch so lange wie möglich im Büro unter möglichst legerer Kleidung und weiten Pullovern zu verstecken.

Vielleicht liefert mir ironischerweise gerade die ungeplante Schwangerschaft den letzten ausschlaggebenden Impuls, den Schritt in die Selbstständigkeit zu wagen. Noch bevor ich meine werdende Mutterschaft offenbaren muss, reiche ich meine Kündigung ein und offenbare den nun bereits über einen längeren Zeitraum gepflegten und gehegten Plan und Schritt in das erste eigene Architekturbüro.

Die Büroräume für Münchner Verhältnisse relativ günstig. Zwei ehemalige Studienkollegen als Angestellte für den Anfang. Einige Privatkunden mit am Tisch für Startprojekte.

Es geht los.

Zeit für Egon bleibt nicht mehr.

Der schwerste Schritt meines Lebens.

Ich bin der Meinung, es ist besser, ihm gleich zwei schwerwiegende Neuigkeiten auf einmal zu vermitteln, als ihm in mehreren Schritten hintereinander Schläge in die Magengrube zu versetzen.

Abends bei einem Glas Wein nach dem Essen. Ich habe sogar gekocht ausnahmsweise. Was ihn sicher schon aufhorchen lässt.

„Egon, wir müssen uns trennen. Du hast jemand Besseres verdient. Jemand, der mehr Zeit für dich hat." Ich meine es wirklich so, auch wenn es wie eine Filmfloskel klingt.

Wenn auch auf diese erste, wahrscheinlich von ihm schon länger erwartete Attacke keine Gegenoffensive erfolgt, so auf jeden Fall bei der nächsten.

„Wie bitte? Du bist schwanger? Von mir? Ich werde Vater? Und du willst das Kind allein aufziehen? Wieso?"

Es folgen endlose Abende gefüllt mit redundanten Diskussionen.

Letztendlich kennt mich Egon bereits zu gut, als dass er nicht wüsste, dass er mich nicht umstimmen kann, habe ich mir einmal etwas in den Kopf gesetzt.

Wenigstens plädiert er an mein Mitgefühl mit ihm und unserem ungeborenen Kind und dafür, dass er an dessen Leben wenigstens auch als nicht erziehungsberechtigter Erzeuger auf irgendeine mögliche Art teilhaben darf.

Ich verspreche es ihm.

Damals kann ich nicht wissen, wie sehr ich und Florence ihn noch brauchen werden und froh sein müssen, dass er ein so großes Herz hat.

Bis dahin: Eine Mutter schafft die Mutterschaft. Nebenher.

Wien

Das Geschäft in München läuft gut. Nach dem Konzertsaal einige rentable Einfamilienhäuser und ein Geschäftshaus in der Maximilianstraße. Ich kann mich nicht beklagen. Florence hat einen sicheren Krippenplatz in Grünwald. Meine Eltern sind für den Notfall in der Nähe verfügbar, wenn mal wieder eine Kinderkrankheit umgeht und sie nicht in die Krippe kann.

Warum bin ich bereit, dies alles zu riskieren? Weil Wien endlich DIE Chance für mich bedeutet, internationales Ansehen zu gewinnen.

Ich verkaufe kurzerhand mein gut gehendes Architektenbüro an meine beste Angestellte und Kollegin.

Mein Einstiegsticket in Wien ist die Mitarbeit am renommierten „Wiener Gasometer"-Projekt. Es kostet mich Disziplin, wieder unter Fremdbestimmung als kleines Teammitglied zu arbeiten. Aber es lohnt sich. Noch bevor der Gasometer fertig steht, habe ich mein erstes eigenes Projekt für einen sozial- und umweltverträglichen Wohnkomplex im Wiener „Viertel Zwei" in der Tasche.

In den wenigen freien Minuten genieße ich mit Florence original Wiener Sachertorte im Café Sacher. Mit Obers.

Dort lerne ich Anton kennen. Anton ist Journalist.

Der Funke springt schnell über.

Wie lange ist es her, dass ich geliebt wurde? Abgesehen von Florences Tochterliebe.

Ich habe fast vergessen, wie sehr ich das Gefühl vermisse.

Das Beste an Anton: Er ist beruflich viel unterwegs. Meist kommt er nur am Wochenende nach Wien zurück. Dann aber hungrig. Nach mir und Sex.

Beinahe „friends with benefits".

Mit Florence versteht er sich gut.

Er ist ein Wiener Charmeur.

Umzüge

Umzüge haben den Reiz der Befreiung. Sie bedeuten natürlich immer auch Abschiednehmen von Freunden und Familie, von bekannten Gebäuden und Stadtbildern, der Straße zur Wohnung, die man wie seine Hosentasche kennt ...

Es braucht wahrscheinlich einen gewissen Mut, sich auf fremde Orte, unbekannte Menschen und neue Ziele einzulassen.

Ein großer Vorteil ist in meinen Augen: Ein Umzug bietet die einzigartige Chance, endlich wieder einmal auszumisten. Alten Ballast, all die vielen, über die Jahre angesammelten Dinge, die schon ewig hinter der Schranktür warten, endlich mal wieder in die Hand zu nehmen. So hatten die es sich wahrscheinlich nicht vorgestellt, dass sie dann gleich wieder von der Hand in den Müllcontainer wandern ...

Dinge sind wie Menschen: Was lange nicht gebraucht wird, verliert Bedeutung, Existenzberechtigung in unserem Leben. So denke ich zumindest.

Also kein Zögern meinerseits, als „The Big Apple" ruft und lockt.

Florence jubelt: „New York!"

Anton schüttelt den Kopf: „New York?"

Er weiß noch nicht, dass er kein ans Herz gewachsenes Buch ist, sondern eher ein Tagesgroschenroman, den man nach dem Lesen weiterreicht ...

Rückblick

Im Kindergarten arbeiteten Kirchenschwestern. Ich erkannte sie an ihren langen schwarzen Kleidern und den weißen Hauben. Die Leiterin meiner Gruppe wollte mich zwingen, mit der rechten anstatt der linken Hand zu malen. Ich weigerte mich. Es wurde nie so schön mit rechts, wie ich wollte.

Am Ende ließ ich mich mit ihr auf den Ablasshandel ein, dass ich wenigstens das Schreiben mit der rechten Hand beginnen würde. So kam es, dass ich bis heute rechts schreibe, aber sogar nur um einen Strich mit dem Lineal zu ziehen, den Stift in die linke Hand wechsle.

Alle Kinder mussten jeden Mittag nach dem Essen in lazarettähnlichen Klappliegen ein Mittagsschläfchen halten. Wir mussten mindestens eine Stunde ganz ruhig liegen, auch wenn wir nicht schliefen. Thomas und ich fanden das furchtbar langweilig. Wir spielten heimlich und leise mit unseren Hausschuhen, die wir zwischen unseren Betten hin und her über den glatten Linoleumboden schleudern ließen. Einmal schleuderte ich zu schwungvoll. Die selbst in ihrem Schaukelstuhl eingeschlafene Ordensschwester erwachte durch den Lärm des vor ihren Füßen vorüberflitzenden Objekts und las anhand des Namens im Schuh, dass es meiner war. Es gab zur Strafe eine Woche keine Nachspeise für mich.

Später, während der Schulzeit, kletterten Thomas und ich auf einen Baum in der Nachbarschaft, der unser Haus wurde im Spiel. Eines Tages war mir die Vorstellung nicht mehr genug, und ich schlug vor: „Komm, wir holen Holzbretter und Hammer und Nägel von unserer Baustelle und bauen uns ein Baumhaus."

Eifrig schleppten wir zusammen alte Holzplanken und holten uns mehr als einen Holzspieß in die Finger dabei. Papa wunderte sich bald, wo der große Hammer hinkam, die langen Nägel wurden nicht vermisst, es gab genügend davon.

Die Strategie, die Bretter einzeln auf den Baum zu tragen und oben alles zu montieren, war mühsam. Andersherum, erst unten alles zusammenzunageln und das ganze Objekt hochzuhieven, entschied ich als nicht machbar.

Am nächsten Samstag ging es gleich nach Mittag los. Wir klopften fleißig nicht nur die Bretter zusammen, sondern natürlich auch zur Befestigung mit den längsten Nägeln durch die Bretter in den Stamm und die dicken zentralen Äste der alten Buche hinein, damit das Ganze auch wirklich stabil hielt und oben bleiben sollte.

Ich hatte unsere Rechnung aber leider nicht mit der alteinsamen, griesgrämigen Nachbarin gemacht, die, durch den Klopflärm in ihrer Mittagsruhe gestört, aus dem Fenster stierte, woher die Störung komme, bis sie uns im Laub der knorrigen Buche entdeckte. Zeternd herausgestürmt, machte sie ein Trara, von wegen, dass wir den Baum verletzten.

Und überhaupt: unerlaubtes Bauen ohne Genehmigung.

Weil wir nicht herunterkamen und ich erst recht nicht einsah, mein Projekt einzustellen, nur weil jemand Weißhaariges da unten protestierte, lief sie schnurstracks zu unseren Eltern.

Ich merkte schnell, dass Papa diesmal leider nicht für meine Seite Partei ergriff und mir den Rücken stärkte. Es blieb mir zähneknirschend nichts anderes übrig, als nachzugeben, die Nägel mit der Zange, die er brachte, aus dem Holz zu ziehen und die Bretter wieder mühsam herunter- und zurückzutragen.

Dass das Ganze meine Idee war, verschwieg ich demnach klugerweise. Thomas kam zum Glück auch nicht auf die Idee, mich zu verpetzen.

Meine Lehre: vor Beginn eines Projektes Baugenehmigung einholen.

Rauchalarm

Streit gibt es daheim in meiner Kindheit zwischen meinen Eltern immer um ein Thema: Rauchen.

Mein Papa strikter Antiraucher. Mama schickt mich immer zum Zigarettenautomaten um die Ecke, wenn er nicht da ist. Sie raucht nur auf dem Balkon, nie in der Wohnung.

Dennoch riecht er es. Und schimpft.

Ich hasse es, wenn sie streiten.

Papa weiß, dass ich Mamas heimlicher Einkaufsbote bin.

Ich denke: Wenn ich einmal groß bin, werde ich mir nie mehr vorschreiben lassen, was ich tun und lassen darf.

Eines Tages plötzlich beschließt Mama: „Ich höre auf."

Einfach so. Und sie zieht es durch.

Ich bin stolz auf ihren Willen und ihr Durchhaltevermögen.

Das Dumme für mich ist jetzt leider nur: Mein Lieferantendeal ist abgelaufen. Jetzt bekomme ich nicht mehr einmal in der Woche das Geld für ein Stängeleis vom Restgeld der Zigarettenschachtel.

Ich beschließe: Ich werde einmal selbstständig und wohlhabend.

Geschlecht

Die Freundschaft mit Thomas endet in der dritten Klasse. Mein Konkurrent: Jürgen. Die beiden spielen Fußball miteinander. Mich lassen sie manchmal noch ins Tor, aber dazu habe ich keinen Bock.

Eines Mittags auf dem Heimweg von der Schule lauern mir die beiden auf. Sie warten hinter der Hecke genau an der Stelle, wo die Gasse eine scharfe Rechtskurve macht und ich das Tempo drosseln und mit einem Fuß vom Fahrradpedal auf den Boden muss, um nicht die Balance zu verlieren. Sie greifen meinen Lenker, zwingen mich zum Stehenbleiben. Eines muss ich ihnen schon lassen, die Stelle haben sie sich gut ausgesucht, kein Mensch wohnt in der Nähe. Glück haben sie auch, kein Fußgänger kommt um die Mittagszeit durch diese Gasse am Rande der Siedlung gelaufen.

„Zwei Mark, oder du musst Thomas küssen. Auf den Mund."

„Ihr habt sie wohl nicht mehr alle!"

„Genau. Wir brauchen zwei Mark für die neue Bravo."

„Die kostet nur eine. Und ihr kapiert eh nicht, was Dr. Sommer schreibt. Seid viel zu doof."

„Gut, eine Mark, oder Küssen."

Ich habe die Wahl, mein Fahrrad, das sie festhalten, im Stich und einfach stehen zu lassen und wegzurennen oder die geforderte Mark herzugeben. Küssen ist keine Option für mich.

Mein Fahrrad ist mehr wert. Grimmig öffne ich meinen Brustbeutel und werfe meine silberne Wochentaschengeldmünze vor ihnen auf den Boden.

Um sie aufzuheben, müssen sie den Lenker loslassen, und ich pedale sofort los.

Am Abend erzähle ich Papa die Geschichte. Er zwingt mich, mit ihm mitzukommen, als er an Thomas' Haustür klingelt, genau zur Abendbrotzeit. Seine Mutter öffnet, er schleicht hinter ihrem Rock im Gang heran, als sie ihn ruft: „Thomas! Ronja und ihr Vater wollen dich sprechen."

Die Mark bekomme ich wieder, der Freund ist für immer verloren.

Weinen nachts im Bett. Wut. Weibliche Schwäche.

New York

Ironischerweise ist es Anton selbst, der mir durch seinen Beitrag im Feuilleton die Aufmerksamkeit nach Übersee lenkt. Nirgendwo sonst auf der Welt sei die Energie und Kreativität im Baugewerbe aktuell so übersprudelnd wie in New York City.

In seinem Artikel beschreibt er eine verrückte Baumhauskonstruktion, das „Biosphere Treehouse-Hotel", entworfen vom schwedischen Stararchitekten Bjarne Ingson. Dieser erweitert sein Architekturkonglomerat gerade um ein neues Studio in New York, nachdem er bereits Studios in London, Barcelona und Shenzhen besitzt. Der Name der Furore erregenden Architekturgemeinschaft ist Omen: BIG. Genauer gesagt BIG Leap.

BIG steht für Bjarne Ingson Group. Für mich absolutes Idol. Neben „The Biosphere Treehouse" unter anderem das Google-Headquarter-Gebäude „Google Bay Views" in Silicon Valley, das LEGO Brand House in Dänemark und unzählige weitere zukunftsweisende Projekte. Aktuelle Pläne eines 330 Meter hohen „The Spiral"-Hochhauses in New York. Nicht nur seinen Konstruktionen und Ideen, auch seinem Business-Modell mit der internationalen Standort- und Image-Schaffung gebührt allergrößter Respekt.

Mein Bewerbungsschreiben per E-Mail geht noch am selben Abend raus.

Die Einladung zu einem Kennenlerngespräch folgt prompt am nächsten Mittag, wenn es im Big Apple Morgen ist. Mein Flugticket buche ich sofort online, fliege am nächsten Morgen und lande am frühen Nachmittag am John-F.-Kennedy-Flughafen.

Das Taxi nach Brooklyn in die 45th Main Street dauert wegen des Verkehrs ewig, sodass ich beinahe zu spät zu meinem Meeting mit Lisa und Dan bin.

Die beiden begrüßen mich herzlich und offen neugierig. Die zwei Partner treten „casual" auf. Dan wirkt typisch amerikanisch mit seinem durchtrainierten Oberkörper in einem simplen, eng anliegenden schwarzen T-Shirt. Als Europäer kaum zu glauben, dass er ein renommierter Architekt mit 40-jähriger Berufserfahrung ist. Er spricht nicht viel, aber mustert mich unverhohlen durch seine dunkle Hornbrille. Lisa, BIG's Kommunikations-Chefin, stellt die Fragen: „Warum ist der Goldene Schnitt für die moderne Architektur nicht mehr oberstes Ziel?" und „Was sind heutzutage Erfolgskriterien der modernen Architektur?". Zum Glück habe ich meine Hausaufgaben gemacht, und als Vorbereitung während des Fluges noch einmal unter anderem alle möglichen Nachhaltigkeits-Standards durchdacht. Meine Antworten scheinen authentisch anzukommen und nicht nur auswendig gelernt zu klingen. Nicht zuletzt spricht meine Arbeit im „Viertel Vier" für mich. Interessiert bücken sich Lisa und Dan über mein Projekte-Dossier. Schließlich schalten sie Bjarne per Videokonferenz zu unserem Gespräch, obwohl es bei ihm in Schweden schon fast Mitternacht sein muss. Im direkten Gespräch beeindruckt er mich noch mehr als schon im TIME-Magazin-Interview. Sein absoluter Wille und seine Fähigkeit, neueste naturwissenschaftliche Erkenntnisse neben der Ästhetik in sein Design einfließen zu lassen, seine allererste Priorität, das wird mir in dem kurzen Gespräch wieder deutlich. Bevor ich mich jedoch völlig verliebe, verabschiedet er sich ohne weitere Zusagen in seine wohlverdiente Nachtruhe. Und bevor sich die Enttäuschung über das nur zehn Minuten kurze Gespräch in mir breitmachen kann, in dem ich ihn in meiner Erinnerung nur angehimmelt und nichts von meinen Qualitäten rüberbringen konnte, halten Lisa und Dan mir den unterschriftsreifen Vertrag unter die Nase. Ich falle ihnen wortwörtlich um den Hals. Dan lässt den Korken des Prosecco, den die beiden schon mal vorsorgehalber kühl gestellt haben, knallen.

Big

Bereits eine Woche später stürze ich mich voller Euphorie auf Wolke sieben schwebend auf die Arbeit bei BIG. Florence verbringt die Sommerferien noch bei den Großeltern auf dem Land und teilweise auch bei Egon und seiner Familie in München, bis ich in New York eine Wohnung und Schule gefunden habe.

Noch schlafe ich im Hotel – wenn ich schlafe.

Die Arbeitszeiten sind irre. Meinen ersten Kaffee im Office trinke ich nie nach sieben, und die meisten Abendessen finden ebenfalls im Büro statt. Abwechselnd Chinesisch, Thai oder Pizza-Lieferservice. Und danach ist dann noch lange nicht Schluss. Gestärkt geht es weiter mit der Arbeit, bis der Reinigungsservice um Mitternacht das Büro übernimmt. Das grelle Pulsieren der Stadt puscht Adrenalin durch meine Adern. Müdigkeit kann gar nicht aufkommen. Florence zeige ich per Videoanruf mit dem Handy die Lichter Manhattans und verspreche ihr, sobald sie nachkommt, gemeinsam ein Broadway-Musical zu besuchen.

Gedanken, wie ich genügend Zeit für sie aufbringen werde, verdränge ich, solange es geht.

Leben

Eines Nachmittags besuche ich die Baustelle des „Spiral". Wie immer bevorzuge ich die Northbound-U-Bahn Richtung Times Square gegenüber dem Stauschneckentempo-Taxi.

Gedankenversunken trete ich vom Underground auf die quirlige 8th Avenue hinaus. Ich atme tief ein, die frische Luft tut mir gut, die paar Schritte zu Fuß Richtung Hudson River. Meine Augen sind auf mein Mobiltelefon gerichtet, um auf dem Navigator die Richtung zu suchen. Plötzlich lauter Knall und Reifenquietschen. Erschrocken blicke ich um mich, ducke mich instinktiv wie vor einem drohenden Pistolenschuss. Direkt vor mir liegt ein Fußgänger in seiner eigenen Blutlache auf der Straße, von anderen Passanten umringt, von denen einige ihr Handy zücken. Daneben eine schwarze Elektromotor-Limousine, deren Chauffeur schockiert aussteigt und sich zu ihm beugt.

„Someone call an ambulance!", schreit jemand. Ein Passant kniet sich zu dem Verletzten – oder Toten? – und versucht, ihn seitlich zu lagern. Ein anderer widerspricht und meint, man müsse Herzdruckmassage durchführen. Ein paar Leute kreischen hysterisch, einige filmen mit ihrem Handy, andere laufen einfach weiter, ohne den Vorfall irgendeines Blickes zu würdigen.

Ich stehe starr, unschlüssig.

Helfen kann ich nicht. Bereits die Sirenen der nahenden Ambulanz.

Ich kann mich nicht entscheiden, ob ich nicht hinsehen kann oder nicht wegschauen.

Langsam gehe ich weiter. Schock.

Wie schnell. Kann. Alles. Aus. Sein.

Gerade eben noch mitten im Leben. Vielleicht sogar am Gipfel des Erfolgs. Beruflich. Privat. Auf einen Schlag. Das Ende.

Irgendwie komme ich auf der Baustelle an.

Serendipity

„Was bedeutet der Name, Mom?" Florence zeigt auf die blumigen Schriftzeichen über dem Eingang der berühmten Eisdiele in Manhattan.

„Glücklicher Zufall." Ich lächle sie an. Sie ist mein glücklicher Zufall. Ich sage es ihr nicht.

Florence bestellt natürlich ihre Lieblingssorte. Einen Schokoladenbecher. Ich brauche eine Weile, ganz untypisch Ronja, bis ich mich zwischen Erdbeere und Mokka entscheiden kann. Die gläsernen Eisbechergefäße sind bereits gigantisch, die Soße läuft dennoch über den Rand, und die überquellende Masse Eis und Sahne vermischt mit Topping-Streusel kullern herab. Ich habe mich bereits an die typisch amerikanische Art, kulinarisch Überfluss zu servieren, die Hälfte davon in Doggy Bags verpacken zu lassen, welche dann zu Hause doch nur im Müll landen, gewöhnt. Florence quellen die Augen über. Ich hoffe, sie zwingt sich nicht, alles aufzuessen, und kotzt danach. Immerhin ist sie mittlerweile 14 Jahre alt und beginnt langsam zu pubertieren.

Sie inspiziert ihren Schokoeisbecher genauer, taucht mit dem langen Löffel in die Tiefe und verursacht dadurch noch mehr Überschwemmung auf dem Tischset. Sie kostet und schaut enttäuscht.

„Was ist los? Schmeckt es nicht?"

„Doch, aber es ist doch nur eine Kugel Schokolade, die anderen beiden sind Vanille. Ich dachte, auf der Karte steht zwei Kugeln Schokolade und eine Vanille."

Sie schluckt tapfer, versucht, ihre kindliche Enttäuschung zu verbergen. Ich sehe auf der Karte nach, und das Ergebnis bestätigt die berechtigte Enttäuschung meiner Tochter. Gar nicht erst nachfragend und länger wartend rufe ich den Kellner.

„Excuse me, Sir, but the menu says the Chocolate Cup contains two chocolate scoops and one vanilla scoop. Could you bring us the correct one, please? Thank you so much." Ich lächle ihn übersüß an, sodass er genau versteht, dass er es hier nicht mit einer dummen Touristin zu tun hat, sondern mit einer waschechten New Yorkerin.

Er bringt schleunigst einen neuen, diesmal richtig mit mehr schwarzem als weißem Inhalt. Die Rechnung bleibt natürlich bei einem.

Florence isst ihren Schokoeisbecher komplett auf. Happy. Keinerlei Magenverstimmung.

Schule

Die Verstimmung kommt dann am übernächsten Schultag. Ob sie aber wirklich vom Magen kommt ...

„Mom, mir ist übel. Ich kann heute nicht in die Schule."

„Oh, dann bleib im Bett, und ich bring dir einen Kamillentee, Florence."

Der ultimative Test. Trinkt sie den Kamillentee, ist sie wirklich krank. Simuliert sie nur, bringt sie keinen Schluck des Gebräus runter.

Ich sitze an ihrem Bettrand und hole mir Knitter in mein Kostüm.

„Florence, was ist los?"

„Die sind alle voll blöd. Angeberisch und affektiert."

Woher sie bloß diesen Ausdruck kennt.

„Sicher nicht alle. Du kennst sie doch noch gar nicht nach zwei Tagen."

„Ich will die gar nicht kennenlernen." Florence zieht sich die Decke über den Kopf.

„Florence, ich muss jetzt zur Arbeit und du in die Schule. Steh auf, zieh dich an, und heute Abend sprechen wir darüber."

Maulend folgt sie. Noch.

Sprechen will sie aber nicht mehr am Abend. Und auch am nächsten Tag und am Wochenende nicht. Ich nehme mir extra das komplette Wochenende nur für sie Zeit. Wir besuchen ein Broadway-Musical, Madame Tussauds, das 9/11 Memorial und das MOMA.

Sonntagabend fallen wir beide total erschöpft ins Bett. Am Montag wieder Wochenroutine.

Florence ist fast wieder die Alte. Aber nur fast. Ich merke, dass etwas an ihr nagt.

Sie telefoniert abends in ihrem Zimmer oft mit Egon. Ich höre sie durch ihre Zimmertür lange reden, spätabends, wenn in München Tag ist.

Ich beschließe, ihn auch einmal anzurufen und mich zu erkundigen, was er weiß.

Auszug

Florence war schon als Kleinkind stur. Sie hat es von mir. Ich hätte ihr so gern mein Kindheits-Lieblingsbuch „Ronja Räubertochter" vorgelesen, aber sie hält sich einfach die Ohren zu, singt laut la, la, la, la oder läuft davon, wenn ich anfange. Sie habe Angst vor den Wilddruden.

Wie lange sie schon mit dem Gedanken spielt, zu Egon zu ziehen? Ich kann es nur vermuten. Von Anfang an hatte sie einen schlechten Start an der German School in New York. Ihrer Meinung nach seien die anderen Mädchen dort „too rich" und oberflächlich.

Was sie auch anklagt: Ich sei zu wenig zu Hause. Arbeite zu viel.

Obwohl ich mich bemühe, jeden Abend um sieben heimzukommen, seit sie bei mir wohnt. Dass es manchmal acht wird, liegt meist am Verkehr ...

Schlüsselkind. Wie meine Freundin Ilka damals. Und die war noch nicht mal 14. Dafür muss ich zugeben, dass unser Dorf auch nicht Brooklyn und Manhattan ist. Auch wenn der Schulbus fast vor unserer Haustür hält. Viele Möglichkeiten, rauszugehen, Freunde zu treffen, hat sie hier nicht. Falls sie Freunde hätte. In New York.

Also den ganzen Abend im Zimmer. Dank Social Media wenigstens Kontakt zu ihren Freunden in Wien und München.

Dass das auf die Dauer nicht reicht, sehe ich ein.

Deshalb bleibt mir nichts anderes übrig, als nachzugeben.

Egon zu danken. Dass er sie aufnimmt. Wo er und Sybille doch sicher genug mit ihren beiden 11- und 12-jährigen Töchtern zu tun haben.

Freundschaft

Jahre später, seit Kurzem wieder in München, klingele ich an ihrer Tür. Sybille öffnet.

„Ronja, komm doch rein. Egon ist noch an der Uni. Möchtest du einen Kaffee?"

Ich möchte erst keine Umstände machen und später wiederkommen.

Egon soll es von mir persönlich erfahren. Als Erster. Während ich mit Sybille in ihrer zimtgeschwängerten Küche sitze und nicht Nein sagen kann zu ihrem selbst gebackenen Zwetschgendatschi, driftet unsere Unterhaltung unweigerlich von Small Talk zu ernsteren Themen.

„Ich habe mich noch nie bei dir bedankt, dass ihr Florence damals aufgenommen habt, als ich in New York war."

„Ronja, ganz ehrlich, ich denke, Florence hat mir einiges an Frust erspart."

„Wie meinst du das?" Ich bin neugierig verblüfft.

„Erstens ist sie immer schon sehr reif und vernünftig gewesen. Zweitens lässt ein Teenager an ihrer Nichtmutter nie so viel raus. Drittens hatte ihre Anwesenheit, glaub ich, zwei Effekte: Ich konnte an einer Nichttochter lernen, wie Pubertät läuft, bevor ich es mit meinen eigenen durchmachen musste. Und ich glaube, ihr Vorbild, allein die Anwesenheit einer Quasifremden im Haus hat meine Töchter irgendwie zu mehr Anstand erzogen."

Mir fällt fast der Kuchen aus dem Mund, so offen steht er.

Sybille schmunzelt mich an. „Doch, wirklich. Ich glaube, du stellst es dir schwieriger vor, als es ist. Derweil gibt es bei der Erziehung von Puber-Tieren auch klare Regeln wie in der Architektur."

„Puber-Tiere!", lache ich los. Ob Sybille das irgendwo gelesen hat?

„Und wie lauten diese Regeln?", kann ich mir nicht verkneifen. Obwohl ich die Antwort nicht mehr für den praktischen Gebrauch benötige.

„Verlier nicht den Humor. Akzeptiere, dass es eigene Menschen sind, die eh nicht darauf hören, was du sagst, sondern aus Protest genau das Gegenteil tun."

„Klingt logisch. Ist es auch durchziehbar?"

„Wie gesagt. Es ist viel leichter, wenn es nicht dein eigenes Erbmaterial betrifft. Insofern: Danke dir, dass ich an Florence üben durfte."

„Bitte schön für das Versuchskaninchen."

Wir krümmen uns beide vor Lachen, als sich die Tür öffnet und Egon heimkommt. Dann werde ich ernst. Ein ernsteres Thema.

Sybille scheint aus verständlichen Gründen noch mehr betroffen als Egon. Klar, sie ist auch eine Frau. Brustkrebs bei Männern soll es zwar geben, ist aber wahrscheinlich sehr selten.

Ich möchte nicht, dass sie betroffen sind. Warum ich es ihnen erzähle, noch bevor Florence oder meine Eltern es erfahren?

Wahrscheinlich ahne ich irgendwo tief in mir, dass ich ihre Verlässlichkeit, ihre Freundschaft auch in Zukunft brauchen werde.

Ich bitte Egon, dass er es Florence sagt. Irgendwie haben die beiden mittlerweile einen besseren Draht zueinander.

Knoten

Es ist Joy, die den Knoten als Erste tastet. Sie will, dass ich sofort zum Arzt gehe. Ich beharre darauf, dass es diesmal auch wieder nur eine Zyste von der Mastopathie ist.

Die wieder verschwindet.

Tut sie aber nicht.

Ich verschiebe den Termin aus beruflichen Zeitgründen, bis Joy wirklich ärgerlich wird mit mir. Sie wirft mir sogar Suizidalität vor. Sie droht, unsere Beziehung abzubrechen.

„I won't lose my heart to someone who is willing to die soon."

Ich vereinbare also einen Termin bei der Gynäkologin, die Joy seit Langem besucht und kompetent findet.

Bereits als diese meine Brust abtastet, lese ich in ihrem Gesicht die Diagnose. Alle weiteren Untersuchungen, Ultraschall, Mammografie, Biopsie bestätigen, was ich befürchte: Brustkrebs.

Für die Operation wähle ich das Columbia University Medical Center am New York Presbyterian Hospital. Dr. Rao persönlich wird den Knoten entfernen. Sie verspricht mir, so gründlich wie nötig, so formerhaltend wie möglich vorzugehen. Sollte dann intraoperativ deutlich werden, dass die rechte Brust nach Tumorentfernung auffällig kleiner aussieht als die linke, habe ich die Wahl, aus der linken Gewebe zu entfernen oder rechts ein Implantat einsetzen zu lassen. Auch die Achsellymphknoten werden inspiziert und falls auffällig entnommen.

Die histologische Untersuchung des Achsellymphknotens ergibt, dass sich dort bereits Brustkrebszellen eingenistet haben.

Irgendwie erinnert mich das Ganze daran, warum ich Renovierungsaufträge alter Häuser so hasse. Bei diesen Projekten besteht immer das Risiko, dass wenn man zum Beispiel eine Fensterfront erweitern möchte und das Mauerwerk aufreißen muss, dort dann plötzlich Asbest zum Vorschein kommt. Dann hat man den Ärger. Mit der Gesundheit.

Also Chemotherapie. Fast hatte ich gehofft, nur mit der Operation davonzukommen.

Was mich nervt: Ich muss vier Tage die Woche für Stunden in die Ambulanz, um mir das Gift in die Venen infundieren zu lassen. Ich nehme mir zwar, so gut es geht, Papierarbeit mit zu den Terminen, merke aber doch bald, wie meine Leistung leidet.

Unerträgliche Müdigkeit.

Schlafes Bruder

Bereits nach der ersten Woche fühle ich mich elend. Und es soll noch mindestens ein halbes Jahr so weitergehen.

Mir ist kotzübel. Ich kann kaum essen. Nach nur einem Monat sind mir meine Kleider zu weit.

Nachts kann ich nicht schlafen. Wälze mich von einer Seite zur anderen. Schmerzen. Überall. In. Meinem. Körper.

Joy schläft erst auf der Couch. Dann wieder in ihrem eigenen Apartment.

Kein Wunder. Nicht nur nachts bin ich unerträglich.

Nach zwei Monaten der Tiefpunkt. Ich muss im BIG anrufen und mich krankmelden. Kann das Badezimmer nicht mehr verlassen. Von oben und unten entleeren sich meine Innereien. Ich erbreche am Ende nur noch gallig.

Als das Blut dazukommt, rufe ich meine Onkologie Nurse an. Ich soll sofort kommen.

Diesmal nehme ich ein Taxi. Der besorgte Blick des Fahrers in den Rückspiegel. Ich sehe ihm an, was er denkt: „Hoffentlich kotzt die nicht in mein Taxi."

Joy bringt mir Zahnbürste und Pyjama nach. Ich muss stationär bleiben. Bekomme wieder Infusionen. Diesmal ohne Chemo, dafür Zucker-Salz-Lösung.

Ich beschließe, nach München zurückzukehren.

Bjarne und Dan zeigen sich enttäuscht über meine Kündigung, aber verständnisvoll.

Ich solle erst einmal wieder ganz gesund werden …

Mein Team bei BIG organisiert für meinen Abschied eine ganzstündige Cake 'n' Coffee Break.

Ich weiß ihren Arbeitszeitverlust zu schätzen. Alle tummeln sich wirklich die ganze Stunde um mich, versichern, wie sehr sie mich vermissen werden, und wünschen mir nur das Beste. Ich wäre wahrscheinlich die Erste gewesen, die sich nach einer halben Stunde heimlich wieder an ihre Arbeit verzogen hätte, um dann am Ende der Party noch einmal kurz aufzutauchen und sich zu verabschieden, sodass die zwischenzeitliche Abwesenheit nicht so auffällt.

Joy

Am Abend meines Besuchs der Baustelle des „Spiral", nachdem ich den fatalen Verkehrsunfall miterleben musste, kann ich mich im Büro einfach nicht mehr auf die Arbeit fokussieren.

Mein einsames Apartment lockt mich auch nicht.

Es zieht mich in die belebten Straßen von Brooklyn, weiter nach Manhattan. Ich wandere ziellos durch die Menschenmassen und Reklamelichter, bis ich vor einem grünen Irish Pub stehe. Ich beschließe spontan, mir dort einen Drink zu genehmigen.

Drinnen ist es laut. Alle Tische besetzt. An der Bar ist es voll.

Ich warte, bis eine Lücke frei wird, und bestelle stehend einen Gin Tonic.

Sie sitzt zu meiner Linken auf dem Barhocker, die langen Beine unter dem engen kurzen Rock in meine Richtung gedreht. Ihr Blick, erst noch in die andere Richtung, wendet sich zu mir, als ich meine Bestellung aufgebe. Ihre Augen tiefblau. Wie ihr Kostüm. Die schwarzen Haare kurz. Die Frisur steht ihrem schmalen Gesicht. Sie lächelt mich an.

Wir stoßen an. Endlich wird ein hoher Stuhl frei. Ich ziehe ihn zu dem freien Platz neben ihr, an dem ich stand. Wir unterhalten uns. Sie ist Brokerin. An der Wallstreet. Interessante Gesprächspartnerin. Unsere Beine berühren sich. Aus Versehen?

Wir flirten. Eindeutig.

Ich glaube nicht, dass Joy das erste Mal mit einer Frau ins Bett geht. Für mich ist es das. Das erste Mal.

Keine Ahnung, ob es die Nachwirkungen des erlebten Schocks am selben Tag sind. Oder die Einsamkeit im Big Apple, wenn die Arbeit bei BIG mich nicht mehr bestimmt. Vielleicht liegt es einfach am Zufall. Serendipity.

Wir gehen zu ihr. Beim ersten Mal.

Rückzug

Ich habe die Wahl zwischen meinem alten Kinderzimmer bei meinen Eltern außerhalb Münchens, das Gästezimmer mit Florence bei Egon zu teilen oder ein Hotelzimmer.

Ich wähle das Hotel.

Meine Eltern verkrafte ich in meinem aktuellen Zustand nicht und möchte ihnen meinen furchtbaren Anblick und meine daraus resultierende Erklärungsnot ersparen. Dasselbe gilt für Florence. Gegen das Elternhaus spricht zudem, dass es nur Zeit und Energie kosten würde, jedes Mal für die Behandlung nach Großhadern fahren zu müssen.

Bisher habe ich allen nur gesagt, dass ich nach München zurückkomme, aber nicht, warum.

Egon besteht darauf, mich mit Florence am Flughafen abzuholen. Zum Glück ist es bereits Winter, und ich verberge meine dünnen Haare, so gut es geht, unter einer Mütze.

Florence umarmt mich innig, Egon kurz.

Beide scheinen nicht zu merken, dass ich sterbenskrank bin. Egon kommentiert nur charmant, ich hätte Gewicht verloren und sei wohl müde nach dem langen Flug.

Seine und Sybilles Einladung zum Abendessen kann ich nicht ausschlagen. Ich bin beiden so dankbar für ihre Freundschaft und Hilfe mit Florence. Und ich freue mich wirklich, noch mehr von Florence zu erfahren, die mir schon während der Autofahrt die Ohren vollplappert. Auch scheint die Aussicht auf einen einsamen Restaurantbesuch wenig verlockend. Appetit habe ich sowieso keinen. Ich würde wahrscheinlich nur allein im Hotelzimmer sitzen und mir dort höchstens noch eine Flasche Wein aus der Minibar vor dem Zubettgehen genehmigen. Sybille kocht gern und gut. Ich sage also dankbar zu. Wir deponieren meine Koffer noch im Hotel, Egon und Florence warten kurz in der Lobby, während ich einchecke und mich schnell umziehe, und dann fahren wir gleich weiter.

Der Duft von Kässpatzn und Sauerkraut weht mir beim Öffnen der Haustür entgegen. Eigentlich eine meiner Leibspeisen, wird mir dennoch erst einmal ein wenig flau im Magen.

Seit Beginn der Chemotherapie vor einem Vierteljahr habe ich Probleme, mein Gewicht auf einem einigermaßen menschlich aussehenden Level zu halten. Ironie des Lebens. Als Jugendliche probiere ich Diäten, um in meine Idealvorstellung von Businesskostüm-Größe zu passen. Jetzt muss ich mich zum Essen zwingen.

Sybille umarmt mich herzlich, hält mich dann auf Armeslänge vor sich und mustert mich.

„Ronja, nimm es mir nicht übel, dass ich so offen bin. Aber du hast eindeutig zu viel gearbeitet und zu wenig gegessen in New York", lacht sie mich freundlich an.

„Tante Ronja!", begrüßen mich Julia und Marie, die mittlerweile aussehen wie Florence vor einem Jahr.

Ich überstehe den Abend, irgendwie.

Großhadern

Die zweite Hälfte der Chemotherapie findet also wieder in bayerisch-heimeliger Umgebung statt. Mittlerweile habe ich kaum noch Haare auf dem Kopf. Ich beschließe, mir den traurigen Rest abrasieren zu lassen.

Gleich nach dem Friseurtermin besorge ich mir in der Kinderabteilung des Ludwig Beck eine neue Hose, einen Pullover und eine Bluse. Die meisten Kostüme und Anzüge habe ich Joy überlassen, die ungefähr meine alte Figur hat und bessere Verwendung für die Kleider als ich im Moment.

Der Abschied von Joy fiel mir fast so schwer wie der von BIG. Sie heulte wie ein Schlosshund. Ich musste sie trösten. Es fiel mir schwer, stark genug zu bleiben, um sie nicht anzulügen. Dass wir uns wiedersehen werden. Dass ich wieder nach New York zurückkehre, sobald es mir besser geht. Zum Glück schlug sie nicht vor, mich in München zu besuchen. Nicht einmal über Onlinemedien verabreden wir viele gemeinsame Termine.

Sie meldet sich nach einer Woche mittels Textnachricht.

„How are you?"

„I'm fine, thanks. Just sitting in the Oncology ambulance receiving my poison cocktail. How are you?"

„I miss you!"

„Don't. Look forward. Blame your name and enjoy life."

„You're a terrible, wonderful person." Ich kann fast durch ihre Zeilen hören, dass sie angefangen hat zu weinen.

„I have to go", lüge ich.

Wir telefonieren noch einmal eine Woche später. Ich scherze, wie froh ich bin, dass sie meinen Anblick mit Glatze nicht erleben muss. Ich spüre, dass sie kurz davor ist, mir ihren Besuch in München vorzuschlagen. Ich schaffe es irgendwie, vorher aufzulegen.

Diesmal weine ich.

Petra

Zum Team der gynäkologischen Onkologie in München-Großhadern gehört heutzutage selbstverständlich eine psychologische Betreuung.

Mein erster und letzter „Termin" bei Petra, die mir sofort ihr „Du" offeriert, wird mir recht bald nach der Diagnose aufgezwungen.

Ich sage erst Nein.

Es sei zwingender, routinemäßiger Bestandteil der Behandlung für jede Brustkrebs-Patientin, egal ob sie es nötig habe oder nicht. Zumindest ein Kennenlernen.

Also gut. Sollen sie eine Abrechnung an mir verdienen. Aber mehr nicht.

In den USA unter meinen Kollegen war es üblich, dass jeder für seine Probleme eine professionelle Beratung in Anspruch nahm. Für mich ist das nichts. Ich mach meine Sachen lieber mit mir selbst aus. Nicht einmal einen Partner brauche ich zum Reden.

Für den Notfall, falls es mir unter der Chemo einmal ganz dreckig gehen sollte, hatte ich mir in New York von Joy durch deren Psychiaterin zwei Packungen Antidepressiva verschreiben lassen. Ansonsten baue ich lieber auf die endogenen Endorphine durch einen morgendlichen Lauf oder lasse angestaute Aggressionen gerne bei einer Runde Boxen am Boxsack aus.

Petra sitzt mir mit aufmerksam beobachtendem Blick gegenüber.

Ich inspiziere sie ebenso. Im Schweigen bin ich anscheinend besser als sie.

Sie bricht es als Erste:

„Ronja, was fühlst du?"

„Müdigkeit, Übelkeit, Unzufriedenheit."

„Unzufriedenheit?"

„Ja."

„Wie kann ich das verstehen? Worüber bist du unzufrieden?"

„Also zufrieden bin ich, wenn ich mein Leben unter Kontrolle habe. Im Moment muss ich mich zu viel auf andere verlassen. Und auf das Schicksal oder wie man es nennen will."

„Warum fällt es dir schwer, dich auf andere zu verlassen?"

„Es fällt mir nicht schwer. Ich mag es nur nicht. Wenn ich weiß, dass ich mich auf jemand verlassen kann, dass derjenige seinen Job gut macht, kann ich das." Ich muss an Egon denken und was für ein guter Vater er Florence ist.

„Hattest du einmal ein negatives Erlebnis, dass jemand seinen Job nicht gut gemacht hat, auf den du dich verlassen hast?"

Ich lache: „In meinem Beruf kommt so etwas ständig vor. Aber mir passiert es nicht oft. Ich bin ein schneller Lerner."

„Du hast also gelernt, dich lieber nicht auf andere zu verlassen?"

„Ihre Fragen drehen sich im Kreis. Nein, ich will damit sagen, ich erkenne recht schnell, auf wen ich mich mit welchem Problem verlassen kann. Und meistens bin ich das selbst."

„Und in deiner aktuellen Krankheitssituation ist das nicht mehr der Fall ..."

„Krebs ist reine Biochemie und Molekül-Fehlfunktionen. Ich bin auf diesem Gebiet nicht ausgebildet. Ich hoffe, dass Wissenschaftler bald noch wirksamere Therapien finden. Leider verplempere ich gerade viel Zeit und Kraft, die mir für meine Arbeit fehlen."

„Nur für die Arbeit?"

„Ja."

„Und Familie?"

„Die auch."

„Und hast du Angst vor diesem Schicksal, das du nicht unter Kontrolle hast?"

„Natürlich." Ich denke wieder an den Verkehrsunfall in New York. Der Tod.

„Aber sterben müssen wir alle irgendwann. Die Frage ist nur, was machen wir in der Zwischenzeit?"

„Also hast du Angst, dass dir zu wenig Zeit bleiben könnte, deine Ziele zu erfüllen?"

„Ich glaube, dass die Anzahl der Ziele auch davon abhängen sollte, wie viel Zeit man noch hat."

„Ein sehr rationaler Ansatz."

„Ich bin ein rationaler Mensch."

„Und wenn es dir so schlecht geht, dass du keine Lösung finden kannst, das Gefühl hast, die Kontrolle komplett zu verlieren?"

„Dann arbeite oder renne oder boxe ich. Als letzter Ausweg hilft Chemie. Ich habe Antidepressiva zu Hause und eine Mitgliedschaft bei EXIT."

„Also gut, Ronja, wenn du mal jemand zum Reden brauchst, hier ist meine Karte."

Ich stecke sie in meine Tasche, wo sie bis heute liegt.

Bescherung

Alle Jahre wieder feiern Florence und ich Heiligabend bei meinen Eltern.

Florence verbrachte einen Großteil ihrer Kindheit bei ihnen, wofür ich ihnen unendlich dankbar bin. Ohne diese Unterstützung hätte meine Karriere nicht funktioniert.

Florence war bei ihnen sicher besser aufgehoben als bei der Betreuung, die ich ihr hätte bieten können. Mit Papa werkelte sie in der Garage, wie ich früher mit ihm auf dem Bau. Mit Mama konnte sie backen und kochen, Aktivitäten, die ich nach Möglichkeit vermeide, wenn ich kann.

Florence sagte als Kleinkind sogar manchmal „Mama" statt „Oma". Was mich noch im Nachhinein immer noch aus irgendeinem Grund ganz wütend und traurig werden lässt.

Für uns alle war das Fest irgendwie schöner, solange Florence klein war. Ihre Vorfreude auf das Christkind, auf den nadelduftenden geschmückten Baum, auf die verpackten Geschenke.

Ich freue mich immer zweimal an Weihnachten: erst die Vorfreude, dann aber schon spätestens am zweiten Weihnachtsfeiertag darauf, wenn ich endlich wieder zur Arbeit gehen kann.

Dieses Jahr habe ich gemischte Gefühle. Einerseits sehne ich mich mehr als sonst nach der gemeinsamen Zeit. Auf der anderen Seite habe ich auch Angst. Vor dem endlich notwendigen Gespräch mit meinen Eltern.

Der Heiligabend beginnt sehr harmonisch. Mama und Florence bereiten das Essen. Papa und ich schmücken den Baum und decken den Tisch mit dem festlichen Service. Es gibt kaum noch Geschenke, wer hat denn nicht schon alles ab einem gewissen Alter ...

Meine Eltern fragen für einmal nicht nach meinem abwesenden Lebenspartner, und auch nicht, ob Egon und Florence ausreichend Kontakt haben. Sie haben mitbekommen, dass Florence seit zwei Jahren bei ihrem Vater wohnt.

Dafür fragen sie beim Essen wie beiläufig, ob Florence jetzt nicht wieder zu mir ziehen wird, da ich ja nun wieder in München wohne.

Florence ist plötzlich stark damit beschäftigt, die Gräten aus ihrem Fischfilet zu picken. Sie kann gar nicht aufblicken, so intensiv muss sie in ihrem Teller suchen.

Ich räuspere mich und beginne dann die unangenehme Erklärung, die ich am liebsten auf den letzten Weihnachtstag hinausgeschoben hätte.

„Momentan ist es für Florence und mich besser, wenn sie noch eine Weile bei Egons Familie wohnt."

„Warum?", die einfache und logische Frage von beiden wie aus einem Mund.

„Weil ..."

Ich würde jetzt am liebsten lügen und behaupten, dass Florence es von dort aus leichter in die Schule hat, dass ich beruflich zu beschäftigt bin ...

Florence riskiert einen kurzen Blick hoch von ihrem Teller. Unsere Blicke treffen sich. Sie schaut schnell wieder runter. Sie schluckt. Als hätte sie eine Gräte im Hals.

Ich unterdrücke den Impuls, aufzustehen und sie in den Arm zu nehmen.

„... also, weil ... ich noch weniger Zeit und Kraft habe für sie im Moment."

Es breitet sich plötzlich das erste Mal an diesem feierlichen Abend eine drückende Stille aus am Tisch. Meine Eltern werfen sich einen stummen Blick zu. Ich spüre ihre schweigende Missbilligung.

„Du arbeitest zu viel", sie sagen es nicht, aber denken es seit Jahren. Zu Recht?

Ich höre einen tiefen Seufzer. Er stammt von mir selbst.

Ich hole noch einmal tief Luft und versuche dann, die neue Wahrheit so behutsam wie möglich meinen Eltern mitzuteilen. Mein einziger Trost an diesem Abend ist, dass Egon Florence bereits im Voraus eingeweiht und mir die Last abgenommen hat, es ihr zu sagen.

„Ich muss fast jeden Tag nach Großhadern in die Ambulanz. Onkologie."

Mama und Papa lassen das Besteck sinken. Sehen erst sich an. Dann mich. Dann Florence.

Mama beginnt als Erste zu weinen.

Papa fragt mit brüchiger Stimme: „Was für ein Krebs?"

„Brustkrebs."

Ich versuche, die Dramatik rauszunehmen: „Der ist heutzutage sehr gut behandelbar. Ich wurde in New York im Oktober operiert. Jetzt bekomme ich noch bis Anfang Sommer Chemotherapie."

Mama folgt ihrem Impuls im Gegensatz zu mir. Sie steht auf, kommt zu mir und umarmt mich.

Am Ende umarmen wir uns alle vier. Und weinen.

Was für ein beschissenes Weihnachten dieses Jahr.

Weitsicht

Das Zeichnen und Arbeiten fällt mir plötzlich schwer. Irgendwie habe ich Sehstörungen. Bis auf die ständigen leichten Kopfschmerzen geht es mir sonst wieder recht gut. Keine Müdigkeit. Ich schlafe wieder besser. Trotz Tamoxifen.

Aber es ist lästig, wie mir seit Kurzem die Bilder, Buchstaben und Zahlen vor den Augen verschwimmen. Nach der vorzeitigen Menopause nun auch schon Altersweitsichtigkeit?

Ich vereinbare einen Termin bei einem Augenarzt im Zürcher Niederdörfli gleich neben meinen teuer angemieteten Büroräumen. Und suche mir online schon mal ein schickes Modell für eine Lesebrille aus.

Der Augenarzt spricht Klartext: „Ihr Augenhintergrund zeigt vor allem am linken Auge Stauungszeichen. Mit Ihrer Vorgeschichte empfehle ich dringend eine Kontrolle bei Ihrem Onkologen und eine Bildgebung des zentralen Nervensystems." Er wird den Bericht sofort weiterleiten. Ich soll mich aber selbst noch heute im Universitätsspital Zürich melden, um keine Zeit zu verlieren.

Keine Zeit verlieren.

Erst nach dem Verlassen der Praxis wird mir die Situation klar. Meine Zeit ist abgelaufen.

Ich bin Realist und weiß genau, was das alles jetzt bedeutet.

Seltsamerweise oder eigentlich auch wieder gar nicht überraschend ist es wieder einmal Egon, den ich anrufe. Ich bitte ihn auch diesmal wieder, Florence zu informieren. Ich kann es wieder einmal nicht. Nicht am Telefon. Und eine Fahrt nach München liegt terminlich grad echt nicht drin.

Auf Egon ist immer Verlass. Er ist wie ein entfernter Fels in der Brandung.

Dann kontaktiere ich meinen Onkologen im Universitätsspital Zürich. Der letzte verfügbare Kernspin-Termin ist noch für denselben Abend vereinbart.

Die bekannte weißdröhnende Röhre des Kernspinapparates.

„Nein, ich habe kein Metall an mir", meine automatisierte Antwort.

Die Besprechung der Bilder mit dem Arzt noch in der Nacht.

Spät nachts rufe ich Egon dann noch mal an und berichte ihm: „Wenn ich den Schweizer Dialekt des Arztes richtig verstanden habe, sei das angeblich hier im Universitätsspital Zürich die neueste, beste Technik. Sie verwenden Ionenstrahlen, das seien eigentlich keine richtigen Strahlen, sondern radioaktive Partikel. Damit könnten sie pfeilgenau auf das Zentrum der Hirnmetastase zielen und die Radioaktivität haarscharf individuell platzieren, um so maximale Wirkung auf den Tumor zu erreichen, ohne meine benachbarten restlichen Hirnzellen zu sehr zu schädigen."

Egon versteht die Physik. Welle-Teilchen-Dualismus. Ich vertraue, hoffe auf ihn und die moderne Technik.

Gefesselt

Mein Kopf wird mit mehreren Gurten an der Liege auf einer Lagerungshilfe fixiert. Damit ich ganz sicher nicht die kleinste Bewegung mache. Damit die exakte Berechnung des Zielortes der maximal freigesetzten Radioaktivität nicht umsonst ist. Damit mein restliches Gehirn der radioaktiven Strahlung kaum ausgesetzt und geschädigt wird.

Wie wenn man die statische Einsturzdynamik einer Gebäudesprengung berechnet, damit nicht die ganze Straßenzeile einstürzt.

Angeblich Krieg ohne Kollateralschäden …

Da ich kein Kind bin und auch sonst als zurechnungsfähig eingestuft werde, muss ich nicht noch zusätzlich sediert werden.

Dauer einer Bestrahlungssitzung, die sie „Fraktion" nennen: wenige Minuten.

Geplant sind erst einmal 30 Fraktionen.

An vier Tagen der Woche muss ich dafür ambulant kommen. Dauer insgesamt also zwei Monate.

Dann wollen sie erneut ein Magnet-Resonanz-Tomogramm durchführen, um zu sehen, wie der Tumor auf den Krieg reagiert.

Eine Schlacht nach der anderen …

Wenigstens diesmal deutlich weniger Nebenwirkungen als während der verfluchten Chemotherapie vor mehr als einem Jahr …

Ich kann viel besser nebenher arbeiten.

Und wie ich mich in die Arbeit stürze.

Hirngewitter

Die frische Luft auf der Baustelle, der Erdgeruch und der Maschinenlärm tun meinen Sinnen gut. Ich stehe auf dem Rohbaudach und bespreche mit dem Bauleiter die nächsten notwendigen Schritte.

Seltsam leichtes Schwindelgefühl und Übelkeit. Ich hatte nie Höhenangst. Vielleicht ist es der schnelle Wechsel vom Blick auf die Pläne vor mir in den Händen und gleich darauf wieder in die Weite und Tiefe, die das Mauerwerk umgeben. Träge scheinen sich meine Augen wie in einem Film, bei dem die Bilder asynchron zum Ton verzögert abgespielt werden, nur schwer an die Umgebung zu adaptieren. Ich sehe unscharf. Dann bemerke ich erst ein feines Zittern am rechten Augenlid. Denke, es ist die Müdigkeit. Ich arbeite zu viel. Mute mir zu viel zu, um mich von der Krankheit und dem Rezidiv abzulenken.

Es wird stärker. Das Zittern wird zum Zucken. Schnell. Nun auch der Mund.

Komisch, auf einmal umgibt mich der Geruch von Stachelbeeren.

Wie auf einen Schlag bricht plötzlich ein tosendes Gewitter laut bebend über mich herein. Ich weiß nicht, ob ich es bin, der laut aufschreit, oder ob ich den Bauleiter oder die Maurer um mich herum höre.

Alles schwarz.

Aufwachen wie aus einer Narkose. Wie lange war ich weg?

Gesichter über mir. Aufgeregte Bauarbeiter um mich herum. Ich liege am Boden. Die Baumaschinen stehen still. Aus der Ferne die Sirenen einer Ambulanz.

Der Rücken nass. Ich liege in einer Pfütze.

Blut. Ich schmecke Blut.

Ein kalter Luftzug, der Wind weht erbarmungslos über das offene Dach.

Zwei Sanitäter machen sich Platz. Knien nieder zu mir. Einer öffnet seinen Notfallkoffer.

Der andere: „Ist bei Ihnen eine Epilepsie bekannt?"

Nein. Hatte ich noch nie. Auch keinen Diabetes. Keine Notfallmedikamente.

Der eine zieht eine Spritze auf. Setzt aber erst mal wieder den Deckel auf die Nadel.

Der andere leuchtet in meine Augen.

„Ich bin Brustkrebspatientin und habe seit neun Monaten eine Hirnmetastase."

Das Sprechen fällt mir schwer. Meine Zunge ist zu groß und schmerzt. Zungenbiss während des Krampfanfalls.

„Es sieht ganz so aus, als hätten Sie einen epileptischen Krampfanfall gehabt. Wir müssen Sie ins Spital bringen."

Unispital. Notfall. Computertomogramm. EEG. Stationär.

Am nächsten Tag Visite. Sie sind nicht sicher, ob das Ausmaß der Tumormasse im Notfall-Computertomogramm identisch aussieht zum Vorbefund nach der letzten Ionenbestrahlung vor drei Monaten. Rissprotokoll-Kontrolle.

Die Hirnmetastase sei auf jeden Fall der Grund für meinen Krampfanfall.

Ich bekomme Antiepileptika.

Am dritten Tag exakte Bildgebung mittels Magnetresonanz-Tomografie.

Das bekannte laute Pulsieren und die Enge in der Magnetresonanzröhre.

Resultat: Die Hirnmetastase ist weiter gewachsen. Und es gibt einen neuen, zweiten Herd. Trotz gezielter Ionenbestrahlung.

Bei einem Gebäude würde ich den Kunden jetzt sagen: nicht mehr sanierbar, abbruchreif.

Ich erkläre den Ärzten klipp und klar, was zu machen, oder besser, was nicht: Ich habe eine Patientenverfügung und bin Mitglied bei EXIT.

„Ich wünsche weder eine Reanimation noch eine künstliche Beatmung!"

Die Ärzte nicken gehorsam. Nur ein junger Pfleger riskiert ein leises Kopfschütteln.

Als sie wieder draußen sind, wähle ich auf meinem Handy als Erstes die Nummer meines Begleiters auf der EXIT-Mitgliedschaftskarte. Und dann Egons Nummer, die ich unter Favoriten gespeichert habe, aber eigentlich auswendig weiß.

Zürich

Die Schweiz ist berühmt für ihre Schokolade. Ich erfahre über die Bundesarchitektenkammer, dass nun in Zürich ein neues Schokoladenmuseum entstehen soll, um den Werdegang dieses Erfolgs zu dokumentieren. Ich bewerbe mich bei der Architektur-Plan-Ausschreibung der dahinterstehenden finanzstarken Schweizer Schokoladen-Firma. Lustigerweise bin ich seit Jahren im Besitz einer ihrer teuren Aktien. Erhalte jedes Weihnachten wie jeder Aktionär eine Schachtel Pralinen.

Mein Entwurf: Eine überdimensionale Schokoladen-Fontäne darf bei dem Projekt natürlich nicht fehlen. Sie wird das Zentrum meines Plans. Ringförmig umgeben von über hundert großzügigen Ausstellungs- und Demosälen. Ein Rundlauf durch die Zeit in einem zeitlosen Ambiente. Lichtdurchflutet die Galeriegänge mit Blick auch von oben auf die Fontäne. Wie die auf dem Zürichsee.

Nach der Zusage der Schweizer Auftraggeber treffe ich vor Ort bei der feierlichen Vertragsunterzeichnung vor Presse und mit „Cüpli", wie es die Schweizer nennen, nicht nur die Besitzer, den ehemaligen, den Vater, und den neuen, den Sohn. Sogar einer ihrer Hauptwerbeträger, Tenniskönig der Schweiz, ist dabei und schüttelt mir anerkennend die Hand. Ich werde meine tagelang nicht mehr waschen in der Hoffnung, dass sein Handschweiß positive Auswirkungen auf meine Fähigkeiten mit dem Tennisschläger haben könnte.

Er strahlt sympathisches, typisch Schweizer Understatement aus.

Ablenkung

Nach Ende der Chemotherapie beginne ich wieder voll zu arbeiten. Ich behalte aber das Konzept „Freie Architektin", das heißt, ich belaste mich weder mit Angestellten noch einem großen Büro. Während der Pandemie finden die meisten Treffen sowieso online über Videokonferenzen statt. Die Pandemie bringt noch weitere Änderungen: Positiv ist, dass viele wohlhabende Münchner vermehrt in private Immobilien investieren, sodass ich einige Aufträge für Privathäuser erhalte. Der negative Trend, nämlich ein gewisser Mangel durch Lieferengpässe und knappe Kapazitäten an Handwerkern, betrifft mich, der ich mich im Wesentlichen auf die Planung beschränke, zum Glück weniger schlimm als Bauleiter und -herren.

Das Tamoxifen kostet mich viele schlaflose Nächte, jedoch kein Vergleich zur Chemotherapie.

Insgesamt geht es mir also sehr gut.

Ich versuche, eine gesündere Work-Life-Balance hinzukriegen und wieder mehr Zeit mit Florence zu verbringen, was nicht leicht ist, weil sie mittlerweile ihre eigene Agenda hat.

Was ich verstehe.

Hallenbad

Florence sagt überraschenderweise „Ja" zu meinem Vorschlag, am Samstag gemeinsam ins Müller'sche Volksbad zu gehen. Wir treffen uns wie verabredet am Eingang und umarmen uns zur Begrüßung etwas linkisch.

Seit dem Desaster-Weihnachten bemühen wir uns beide auffällig um mehr Körperkontakt.

Ich bezahle unsere Eintrittskarten, und uns schlägt der typische Chlorgeruch entgegen.

Wie immer bin ich fasziniert von der Jugendstil-Architektur des alten Bauwerkes. Florence dagegen jammert: „Ist ja voll altmodisch hier."

Sie schwimmt zügig ein paar Runden und willigt dann ein, mit mir in das Warmwasserbecken zu gehen. Sauna kommt für sie nicht infrage.

Im Warmwasser halten wir es auch nicht lange aus, vor allem, als wir die Sonnenstrahlen durch die Fenster erahnen. Wir beschließen also, lieber noch an die frische Luft, in einen Biergarten oder ein Café zu gehen.

Beim Haaretrocknen bemerkt Florence wie nebenbei: „Die kurzen Haare stehen dir gut."

Ich spüre, wie mir ihr Lob guttut.

„Früher habe ich dir immer die langen Haare gekämmt und zu einem Pferdeschwanz zusammengemacht."

Sie blickt mich an.

Draußen laufen wir unter den warmen Sonnenstrahlen ziellos drauflos, an der Isar entlang, bis wir wie automatisch am Englischen Garten landen.

„Weißt du, dass Egon und ich hier oft zusammen waren in unserer Jugend?"

Sie blickt mich wieder an und fragt diesmal:

„Wie habt ihr euch kennengelernt?"

Nachdem ich ihr dies erzählt habe, finden wir einen freien Tisch in der Sonne und setzen uns ab. Florence bestellt eine Brezel und eine Apfelschorle, ich einen Cappuccino.

Ich merke, dass sie weiterfragen will, aber stoppt, als die Bedienung kommt.

Ausrede

Seit dem Hallenbad-Besuch treffen wir uns regelmäßig jeden Samstagnachmittag.

Wir sitzen wieder in der Sonne in einem Café in der Leopoldstraße.

Florence erzählt mir von ihrer Schule, den Abiturvorbereitungen, ihren Freunden, die Namen sagen mir leider alle wenig.

Wir hätten uns so viel zu erzählen, dass wahrscheinlich alle restlichen Samstage meines Lebens nicht dafür ausreichen würden.

Mich fragt sie so einiges.

Zum Beispiel wie ich den Brustkrebs erstmals bemerkte.

Ich erzähle ihr von Joy. Dass sie es war, die ihn als erste Ertastete. Dass wir ein Liebespaar waren.

Florence sieht mich neugierig an. Ich merke, dass ihr Fragen auf der Zunge brennen, von denen sie unsicher ist, ob sie sie mir stellen soll.

„Joy ist die einzige Frau, mit der ich bisher Sex hatte. Ich denke nicht, dass ich einfach lesbisch bin. Vorher hatte ich nie das Bedürfnis, mit einer Frau zu schlafen. Und mit deinem Vater und mit Anton – du erinnerst dich an Anton? – war ich glücklich."

„Warum hast du mit Papa Schluss gemacht?", traut sie sich nun endlich zu fragen.

„Ehrlich gesagt, frage ich mich das heute manchmal auch. Ich war jung. Und ich wollte unbedingt Karriere machen. Das war mir damals wichtiger als alles andere …"

„Wichtiger auch als ich?", sie schaut mir geradewegs in die Augen, als wollte sie tief in mich hineinblicken, um die Wahrheit zu erfahren.

„Ich glaube nicht, jedenfalls habe ich es nie so empfunden. Wahrscheinlich aber fast genauso wichtig. Zu wichtig auf jeden Fall, als dass ich dir gerecht werden konnte."

Sie schweigt.
Ich rede weiter.
„Ich bin nicht sicher, was ich anders gemacht hätte, wenn du mit 15 nicht den Wunsch, bei Egon zu leben, gewählt hättest ..."
„Habe ich das gewählt?", fragt sie.
„Mir hast du gesagt, du willst zu ihm ziehen", antworte ich.
Florence blickt zur Seite.
Dann schaut sie mich wieder an.
„Vielleicht hätte ich gehofft, du sagst, das geht nicht. Und wärst mit mir zurück nach München gekommen. Oder ...", sie schüttelt den Kopf, „... ich weiß nicht."
Diesmal folge ich meinem Impuls, beuge mich über den Tisch und greife nach ihren Händen, umfasse sie mit meinen.
Nun blicke ich ihr tief in die Augen.
„Es tut mir unendlich leid, wenn ich dich als Mutter enttäuscht habe. Ich hoffe, du kannst mir eines Tages verzeihen. Ich hoffe, du glaubst mir, dass ich dich über alles andere in meinem Leben liebe."
Florence entzieht mir ihre Hände und greift nach ihrem Eiskaffee.
„Vielleicht war es ja besser so", weicht sie aus.

Rastlos

Ende Oktober zieht es mich wieder weiter. Ich bewerbe mich für das Planungsprojekt eines Schokoladenmuseums in Zürich. Ich könnte das Projekt auch ohne unüberwindbaren Aufwand mit ein paarmal in die Schweiz pendeln von München aus erledigen. Doch ich suche, sobald ich den Auftrag erhalte, eine Wohnung dort. Was nicht einfach ist. Und teuer.

Und ich reiche meine Diplome beim Schweizer Staatssekretariat für Bildung, Forschung und Innovation ein.

Erst als alles unter Dach und Fach ist, informiere ich wieder einmal zuerst Egon und dann Florence, aber diesmal selbst.

Eines unserer Samstag-Treffen. Wir sind bei mir. In meiner Schwabinger Wohnung. Wir haben vor, gemeinsam Abendessen zu kochen. Das heißt, Florence kocht, und ich bin ihr Souschef. Sie erklärt mir genau, wie ich die Zwiebelwürfel kleiner schneiden muss. Es ist ihr gnadenlos egal, dass mir bereits die Tränen die Wangen herunterlaufen.

Bei den übrigen Gemüsen frage ich gleich genau, welche Größe sie sich vorstellt. Und sie ist mit meinen Karotten-, Paprika- und Süßkartoffelwürfeln zufrieden.

Sie bereitet die Currymischung. Am Mittag waren wir zusammen auf dem Viktualienmarkt, wo sie allerlei exotische Gewürze und Knollen, von denen ich bisher keine Ahnung hatte, kaufte: Kurkuma, Ingwer, Curryblätter, Koriander- und Fenchelsamen, Kreuzkümmel ...

Wir suchten eine Weile, bis wir ungesalzene Cashewnüsse fanden. Unglaublich, was es alles auf diesem Markt gibt.

Florence missbraucht meinen Smoothie-Blender, der bislang außer Milch nur Bananen, Erdbeeren und höchstens mal Blaubeeren schmecken durfte, um ihre exotischen Zutaten zu einem geschmeidigen Curry zu mixen.

Am Ende fügt sie noch Kokosmilch hinzu, obwohl ich protestiere, dass ich Kokosgeschmack nicht mag.

„Das schmeckt gar nicht, wie du Kokosgeschmack kennst, das merkst du gar nicht. Glaub mir", insistiert sie.

Ich gebe auf und vertraue auf meine Tochter. Insgeheim überlege ich schon, welchen Pizzaservice ich im Notfall anrufe.

Beim Essen bin ich zweimal überrascht. Einmal, wie toll ihr Curry schmeckt. Ich greife noch zwei weitere Portionen.

Dann, als ich ihr zum Verdauungstee offenbare, dass ich plane, nach Weihnachten nach Zürich zu ziehen und eine Weile in der Schweiz zu arbeiten:

„Geil. Dann gehen wir Ski fahren, wenn ich dich besuche. Und du besorgst mir den besten Käse und die beste Schokolade, die es auf dieser Welt gibt."

Ich muss schmunzeln.

„Ich komme auf jeden Fall zu deinem Abiturabschlussball nächsten Frühling", verspreche ich. „Musst du dich nicht jetzt schon an Universitäten bewerben?", fällt mir ein. Beschämt verschweige ich, dass ich momentan gar nicht weiß, was sie nun eigentlich studieren will. Sie spielte schon mit dem Gedanken Medizin, Architektur oder Lehramt.

„Ich werde erst einmal ein Jahr als Au-pair nach Neuseeland gehen. Vielleicht fällt mir danach die Entscheidung leichter", erklärt sie und rührt noch mehr Honig in ihren Tee.

„Oh, wow, das ist aber weit weg", rutscht es mir heraus.

Sie sieht mich an. Ihr Blick spricht Bände. „Von wem hab ich wohl diese Heimatflucht …?", kann ich förmlich ihre Gedanken lesen.

„Ich freue mich für dich. Das wird sicher eine tolle Erfahrung. Es muss ein sehr schönes Land sein. Weißt du, dass ‚Der Herr der Ringe' dort in den Bergen gedreht wurde? Mir wurde damals im Kino schlecht, als du in meinem Bauch warst, weil die Kamera so um die Gipfel kreiste …"

Wir reden noch lange, es wird so spät, dass Florence bei mir über Nacht bleibt.

Wir passen nebeneinander in mein Doppelbett. Ich spüre ihren Atem. Sie schläft tief.

Ich schlafe keine Minute. Diesmal aber nicht vom Tamoxifen und Schwitzen.

Stachelbeeren im Winter

Zum vereinbarten Zeitpunkt bei mir frühmorgens um acht und bei Florence in Neuseeland abends um acht, als ihre Au-pair-Familien-Kinder bereits im Bett liegen, ertönt mein Videoanruf-Klingeln am Laptop.

Es dauert einige Sekunden, bis die Verbindung mir Florences Bild und Ton durchgestellt ist.

„Hallo, Mom, wie geht es dir?" Florence klingt besorgt. Sie weiß bereits von meinem Krampfanfall. Ich habe ihr eine Nachricht gesendet. Als Begründung, warum wir bald einen Videoanruf machen sollten.

„Ganz gut, danke. Ein wenig müde von den Antiepileptika. Die Ärzte behaupten, das sei postiktal, komme also vom Krampfen selbst, aber das kann gar nicht sein, der Anfall ist ja schon drei Tage her."

„Mom, was sagen die Ärzte?" Florence macht sich wirklich Sorgen. Berechtigt.

Ich versuche vergeblich, ihr – und mir – Mut zu machen.

„Auslöser ist natürlich die doofe Hirnmetastase. Aber mit den Tabletten sollte ich keinen Anfall mehr haben."

„Mom, sei ehrlich. Warum jetzt plötzlich noch Epilepsie? Ich dachte, die Hirnmetastase sei durch die Bestrahlung kleiner geworden?" Florence lässt nicht locker.

„Ja, anfangs war das so. Nun scheint es leider, als sei der Tumor wieder größer. Und es gibt wohl einen zweiten Herd …"

„Was? Wieso? Warst du nicht regelmäßig bei der Bestrahlung?"

„Doch, natürlich war ich das. Genau nach Vorschrift. Ich hatte eine zweimonatige Pause, und die nächste Kontrolle wäre für kommenden Montag geplant gewesen. Der neue Schub kam allem dazwischen und zuvor." Ich rede, als hätte ich Multiple Sklerose.

„Und was jetzt?" Verzweiflung in ihrer Stimme.

Kleinlaut bleibt mir nichts anderes übrig, als zuzugeben: „Weiter Bestrahlung. Sie nennen es jetzt palliativ."

„Du meinst, die Ärzte haben ... du hast aufgegeben? Mom?! Sag, dass das nicht wahr ist!", jetzt weint sie.

Ich wische mir die Tränen vom Gesicht und versuche, ihr und mir ein klitzekleines Restchen Hoffnung nicht zu nehmen: „Man könnte noch eine Antikörpertherapie versuchen. Damit mein Immunsystem stimuliert wird und den Krebs selbst bekämpft", erkläre ich.

„Du musst das unbedingt versuchen. Mom. Ich komme heim. Ich werde mich gleich morgen früh um alles für den Rückflug kümmern ..."

„Florence, nein, du hattest noch drei Monate bei der Familie geplant. Du kannst die doch jetzt nicht einfach so im Stich lassen."

„Ich kann DICH nicht im Stich lassen!", kontert sie bestimmt. Ich merke an ihrer Stimme, dass sie meine Tochter mit meinem Dickschädel ist und sich nicht abbringen lassen wird.

„Dann lass mich wenigstens mit den Gasteltern sprechen und die Situation erklären."

Henkersmahlzeit

„Und Florence. Darf ich dich etwas bitten, wenn du schon extra vorzeitig zurückfliegst?"

„Natürlich. Was?"

„Könntest du irgendwo Stachelbeeren auftreiben und mitbringen?", bitte ich kleinlaut und beschämt, dass ich ihr diesen kindischen Aufwand zumute.

„Stachelbeeren?" Florence schaut verständnislos.

„Ja, du kennst die doch. Diese rundlich-ovalen grünen, haarigen Beeren, die fast aussehen wie kleine Trauben, nur haarig eben …"

„Wozu …? Ach egal. Ja klar. Ich frag mal die Leute hier, wo es die gibt. Wachsen die nur hier in Neuseeland oder was?"

„Eigentlich nicht, aber jetzt im Winter gibt es hier in Europa keine", erkläre ich ihr.

Das Ankunftstor öffnet sich und Reihen von Menschen mit Rollkoffern strömen heraus. Da ist sie. Florence rennt auf mich zu.

Wir umarmen uns fest. Florence weint. Ich weine.

„Danke, dass du gekommen bist", flüstere ich.

„Also toll schmecken die ja nicht unbedingt", Florence verzieht das Gesicht von der Säure in ihrem Mund.

„Schau, ich habe dir auch original Neuseeland-Kiwis mitgebracht. Die sind um einiges besser."

Sie beißt selbst in eine, mitsamt Schale.

Ich lache und lasse mir die Stachelbeere im Mund zergehen. Der Speichel zieht sich in mir zusammen, so sauer hatte ich sie aus dem Garten meiner Oma nicht in Erinnerung.

Hatte ich als Kind überhaupt jemals eine probiert?

„Ich mochte sie als Kind nie und hab damals angeblich gesagt, die müssten sich erst rasieren, bevor ich sie esse."

„Typisch." Florence lacht. „Anspruchsvoll warst du schon immer."

Sie sieht mich an.

„Aber warum wolltest du sie jetzt eigentlich unbedingt?"

„Keine Ahnung. Irgendwie …", ich stocke, „vielleicht nur ein Vorwand, damit du zu mir kommst."

Wir fallen uns wieder in die Arme, und unsere Tränen vereinen sich.

Florence

Am Tag darauf, nachdem Florence nach dem Flug ausgeschlafen hat, beichte ich ihr von meiner Mitgliedschaft bei EXIT.

Florence reagiert gefasst. Vielleicht hat sie irgend so etwas von mir schon erwartet.

Sie möchte alle Details erfahren. Was ich geplant habe. Wann. Wie. Mit wem.

„Wenn du möchtest, kannst du dabei sein. Aber ich möchte dir das auf keinen Fall aufzwingen." Ich hoffe, sie glaubt mir, dass ich das ehrlich so meine.

„Du hast gesagt, es könnte in frühestens vier Wochen so weit sein?"

„Ja, der unabhängige Arzt muss meine Situation noch evaluieren und dann das Medikamentenrezept ausstellen."

„Ich werde es mir bis dahin überlegen." Florence schaut mir in die Augen.

Sieht darin hoffentlich, dass ich ihre Entscheidung so oder so gutheißen werde.

Die restliche Zeit verbringen wir mit Weihnachtseinkäufen, Schlittschuhlaufen auf der Eisbahn des Hotel Dolder und dazwischen vielen Ruhepausen für mich, oft im Café Sprüngli.

Florence hat sich entschieden, was sie beruflich machen möchte. Sie möchte Pflegefachfrau werden. Ich frage nicht nach, ob ihr Treffen mit Daniela, der Begleiterin von EXIT, mit dieser Entscheidung zu tun hat.

Kinderkrankenschwester. Ihr Ziel. Der Umgang mit den Kindern in der Au-pair-Familie hatte ihr sehr gut gefallen. Der Sohn hatte Diabetes. Musste Insulin spritzen. Wie mein Opa.

„Wirklich? Erzähl mir mehr von ihm."

„Er war superlieb. Er war Soldat im Zweiten Weltkrieg und danach drei Jahre in den USA in Kriegsgefangenschaft."

„Echt? Wahnsinn. Dann war er sicher sehr Amerika-feindlich eingestellt."

„Im Gegenteil. Er war total begeistert von den Amis, politisch und überhaupt."

Wir reden und reden, haben uns die Welt und unser Leben zu erzählen.

Exit

Daniela bereitet alles perfekt vor. Sie hat das Medikament in der Apotheke abgeholt.

Für die Sicherheit läuft eine Videoaufnahme, zur Dokumentation, dass ich selbstständig das Schlafmittel trinke.

Florence, die seit ihrer Rückkehr aus Neuseeland bei mir in der kleinen Wohnung im Seefeld Zürichs campiert, hat sich entschieden, dabei zu sein. Auch Egon bestand darauf, extra aus München anzureisen, um sich von mir endgültig zu verabschieden.

Es ist Samstag, später Nachmittag. Die Frühlingssonne wärmt hier schon viel stärker als in München, meint Egon. Wir sitzen alle vier auf meinem kleinen Balkon, Ausblick auf die um diese Zeit einmal weniger stark befahrene Bellerivestraße und dank meiner Apartmentlage auch auf den glitzernden Zürichsee mit schon ersten Booten. Sobald es fröstelig wird, haben wir vereinbart, werden wir hineingehen und loslegen.

Florence versucht, den Moment hinauszuzögern, bringt mir eine Decke.

Als es aber gegen sechs Uhr abends langsam doch allen kalt wird und ich mir vorstelle, dass Daniela irgendwann heim zu ihrer Familie möchte, übernehme ich wie gewohnt das Kommando.

„Jetzt wird es Zeit."

Egon und Florence sehen sich an. Ich kann mir vorstellen, dass sich beide nicht wohlfühlen in ihrer Haut und aktuellen Situation. Ich würde schreiend davonlaufen.

Genau das sage ich ihnen auch.

Damit sie wissen, sie können es sich jederzeit noch anders überlegen.

„Wir könnten uns auch jetzt verabschieden, und ihr beide geht ans Bellevue spazieren oder gleich in ein Restaurant ..."

„Ich möchte bei dir sein, wenn du stirbst." Florence weint jetzt schon.

Das kann ja heiter werden. Gleich fange ich auch noch an. Und überlege es mir wohl noch anders.

Aber Blödsinn. Ich sterbe sowieso sehr bald. Und das wird dann unangenehm. Wahrscheinlich bin ich dann in einem Zustand, in dem ich sie gar nicht mehr erkenne. Und sie mich nicht.

Nein.

Wir umarmen uns. Über ihre Schulter blicke ich Egon an. Er nickt mir zu.

Wir gehen ins Schlafzimmer.

Die drei setzen sich auf die vorbereiteten Stühle um mein Bett, und ich lege mich in meinem Lieblingshosenanzug unter die Decke.

Florence hat eine Überraschung dabei. Sie zieht „Die Brüder Löwenherz" von Astrid Lindgren hervor und fragt mich, ob ich daraus vorgelesen haben möchte, als Einschlaflektüre sozusagen.

Ich bin perplex. Es ist zwar nicht die Lieblingsgeschichte meiner Kindheit „Ronja Räubertochter", aber für den Moment ideal passend. Gerührt nicke ich.

„Als Kind durfte ich dir auch diese Geschichte von Astrid Lindgren nie vorlesen, weil du Angst hattest."

„Angst habe ich immer noch. Vor diesem Nangijala. Aber ich hoffe, wir treffen uns dann dort ..."

Sind es Tränen der Trauer oder der Freude? Florence und sogar Egon sind in meinen letzten Atemzügen bei mir und lieben mich wie ich sie, trotz allem.

Ich stelle mir vor: Am Ende schaut man auf sein Leben wie auf ein Röntgenbild. Die Stellen, wo die radioaktiven Strahlen nicht von etwas Wesentlichem, Dichtem absorbiert werden, erscheinen auf dem Filmabzug schwarz.

Ich glaube, die Frage ist letztendlich nicht: Was habe ich erreicht?, sondern eher: Was habe ich mich nicht getraut?

Und: Wann ist es zu spät, die schwarzen Löcher zu füllen?

Im Winter gibt es keine Stachelbeeren mehr.

Darum ist es wichtig, zu probieren, wenn die Zeit dafür ist. Und loszulassen, wenn sie vergangen ist.
Ich lehne mich zurück und schließe die Augen.

Epilog

Ronja stirbt im Alter von 48 Jahren.

Dank EXIT darf sie ohne große Schmerzen und in Menschenwürde Abschied nehmen.

Sie hinterlässt drei Liebhaber/-innen und mindestens 20 Bauten.

Florence hängt ihren Beruf als Pflegefachfrau nach dem zweiten Kind an den Nagel.

Egon erhält in ein paar Jahren den Physiknobelpreis für seine Forschung in der Ionenstrahltherapie.

So, ist dieses Ende nun besser?

Egal, an welchem Ende man zieht, die Decke bleibt zu kurz, und ein Teil von dir friert.

Manchmal muss man halt die Beine anziehen …

Sister Act

Im langen sterilweißen Gang der Radio-Onkologie sitzen zwei Frauen auf gegenüberliegenden Wartestühlen. Sie mustern sich gegenseitig heimlich und versteckt.

Sonja sieht auf den ersten Blick gesünder aus mit ihrem frischen Neuseeland-Teint.
 Der Schein trügt. Sie musste extra den Rückflug umbuchen von Auckland. Nach Genf wäre zu mühsam gewesen mit zweimal Umsteigen und allem. Die Reise und Bergwanderung hatten sie doch mehr angestrengt, als sie anfangs glauben wollte. Sie hatte zwar keinen erneuten Krampfanfall, aber die Kopfschmerzen hatten sich ins Unerträgliche gesteigert, kaum in den Griff zu kriegen mit ihren Tabletten. Deshalb der Zwischenstopp in Zürich. Die Onkologen dort im Voraus informiert.

Ronja wirkt wie immer sauber herausgeputzt mit hellblauer Bluse und anthrazitfarbener Anzugkombi, dezentem Lipgloss, frechem grau meliertem Bubikopfschnitt. Dennoch kann sie die Krebspatientin in ihr damit nicht kaschieren. Sie ist in Gedanken teils bei ihrem Europaallee-Projekt, ertappt sich jedoch, dass sie insgeheim überlegt, welchen Krebs die Frau ihr gegenüber wohl hat.

Die Blicke kreuzen sich. Neugierig. Sonja blickt als Erste beschämt nieder. Ronja ziert sich weniger und spricht sie an.
 „Sie haben wahrscheinlich auch Krebs. Brust?"
 „Hirnmetastasen."
 „Das gleiche Spiel bei mir."

Innerhalb kürzester Zeit sitzen die beiden nebeneinander. Austausch nicht nur der medizinischen, sondern auch der Lebensgeschichte.

Keine der beiden ist überrascht, dass die andere auch EXIT plant.

„Ich wollte noch unbedingt vor dem Tod Stachelbeeren."
„Ehrlich? So ein Zufall. Genau den gleichen seltsamen Wunsch hatte ich auch."
„Was für eine extravagante Henkersmahlzeit."
„Muss eine Nebenwirkung der Bestrahlung sein."
„Ja, vor allem, wenn man bedenkt, dass es jetzt im Winter gar keine mehr gibt bei uns."
Beide lachen über ihren Galgenhumor.

Beim Thema Neuseeland kommen sie auf eine weitere Gemeinsamkeit: Eigentlich ist der dicktreue Hobbit Samweis der Held von „Herr der Ringe". Hätte er nicht Frodos Finger mit dem Zwergensäbel abgeschlagen, wäre der Ring sehr wahrscheinlich in die Macht des Bösen gefallen statt in das vernichtende Feuer. Darin sind sich Sonja und Ronja einig.

Sie schauen sich an. Jede hat etwas, was die andere sehnlichst vermisst. Karriere. Kinderliebe. Partnerliebe. Etwas, das von einem übrig bleibt, wenn man geht. Wer erzählt später denn schon von der Nebenrolle Samweis'?
Wie der Fluss, wenn das Wassermolekül schon längst fort ist.
Dennoch bleibt der Fluss, und jedes einzelne Molekül ist ein Teil von ihm. Ob es das weiß?

Schade, dass wir uns erst jetzt kennenlernen.
Wo es zu spät ist. Denken beide. Keine sagt es.
Ist es das? Zu spät?

Aufruf in die Untersuchungsräume. Beide gleichzeitig. In verschiedene.
Noch schnell Austausch von Telefonnummern. Die dann nie gewählt werden.

Kein Umdrehen mehr.

Nur ein flüchtiges Kennenlernen.
Eine Ahnung eines fremden, doch so vertrauten Lebens.
Beneidet. Verpasst.

Warum nur haben schwarze Löcher diese Kraft, sich immer weiter auszudehnen, alles um sie herum in sich aufzusaugen? Bis man nur noch schwarz sieht.
Anstatt der vielen kleinen Sterne. Die es auch noch gibt.
Lass sie leuchten. Carpe diem.

Per aspera ad astra: Ziele sind wichtig, aber auch kleine zählen.
Nicht jeder Tag muss in der ersten Reihe tanzen.

Wie Stachelbeeren im Winter. Überbewertet. Kratzig-sauer. In der Vorstellung idealisiert.

Menschen sind schon komisch, irgendwie. Oder?

Nachwort

Diese Geschichte ist erfunden, die Schicksale dieser Krankheit symbolisch gewählt, um den Tod, der uns am Ende alle betrifft, akuter bewusst zu machen. Ich möchte allen Menschen, die an Krebs erkranken, Mut zusprechen, ihre Hoffnung nicht aufzugeben.

Allen Lesern möchte ich sagen: Carpe diem! Beneide nicht den Schein des perfekten Lebens anderer.

Die Autorin

Sabine Mayr wurde 1972 in Augsburg geboren. Nach dem Abitur am Gymnasium in Wertingen studierte sie an der Universität Ulm und der Ludwig-Maximilians-Universität München Medizin. Zunächst war sie in der bayerischen Landeshauptstadt als Ärztin an der Dr. Hauner'schen Kinderklinik tätig, bevor sie in die Schweiz umzog und ihren Facharzt in der Pädiatrie am Kinderspital Zürich abschloss. Zusätzlich absolvierte sie einen vierjährigen Auslandsaufenthalt in den USA. Zurück in der Schweiz erfolgte eine Weiterbildung mit Schwerpunkt Entwicklungspädiatrie, ebenfalls am Kinderspital Zürich. Seitdem arbeitet Sabine Mayr als Kinderärztin in einer Praxis.

Zu den Lieblingsaktivitäten der Autorin zählen Lesen und Sport. Der Roman „Im Winter gibt es keine Stachelbeeren mehr" ist ihre erste Buchveröffentlichung.

Heute lebt Sabine Mayr in Küsnacht im Schweizer Kanton Zürich. Sie ist verheiratet und Mutter dreier erwachsener Kinder.

novum VERLAG FÜR NEUAUTOREN

Der Verlag

*„Wer aufhört
besser zu werden,
hat aufgehört
gut zu sein!*

Basierend auf diesem Motto ist es dem novum Verlag ein Anliegen, neue Manuskripte aufzuspüren, zu veröffentlichen und deren Autoren langfristig zu fördern. Mittlerweile gilt der 1997 gegründete und mehrfach prämierte Verlag als Spezialist für Neuautoren in Deutschland, Österreich und der Schweiz.

Für jedes neue Manuskript wird innerhalb weniger Wochen eine kostenfreie, unverbindliche Lektorats-Prüfung erstellt.

Weitere Informationen zum Verlag und
seinen Büchern finden Sie im Internet unter:

w w w . n o v u m v e r l a g . c o m